ファウスティーノ・ペリザウリ
Faustino Perisauli

谷口伊兵衛 訳
Taniguchi Ihee

痴愚神の勝利

『痴愚神礼讃』(エラスムス)原典

DE TRIUMPHO STULTITIAE

而立書房

目　次

前置き　ファウスティーノによる、自著『痴愚神の勝利』
　　　　および読者諸氏に寄せてのはしがき　8

痴愚神の勝利　第一部

　序　歌　13
　第二歌　人びとの所業は虚しい　21
　第三歌　民衆も国家も喜劇だ　22
　第四歌　都市も灰や喜劇なのだ　23
　第五歌　ローマもこれまた作り話なのだ　24
　第六歌　永続する名声とても何にもならぬ　25
　第七歌　人生はすべて労苦である　26
　第八歌　少年少女時代は虚しい努力に曝される　27
　第九歌　若気の情熱は虚しい　28
　第十歌　犬や馬を飼うのは馬鹿げている　29
　第十一歌　恋人ほど変わりやすいものはない　30
　第十二歌　踊りに熱中することの愚かさ　31
　第十三歌　音楽への愛は虚しい　32
　第十四歌　大勢の下僕を愛する人たちについて　33
　第十五歌　結婚への狂った欲求について　34
　第十六歌　美しき衣服は悪徳の箱なり　39
　第十七歌　自分の美貌を信じる者の欺瞞　40
　第十八歌　廷臣どものばかさ加減　42

痴愚神の勝利　第二部

　序　歌　45
　第一歌　王や頭となるのは愚の骨頂　46
　第二歌　軍務は不毛な労苦だ　48
　第三歌　哲学者の喜劇　50

第四歌　弁証家の空疎なさえずり　51

第五歌　厄介で、不毛かつ空疎な文法　52

第六歌　雄弁家の饒舌なおしゃべり　54

第七歌　詩という作り話　55

第八歌　医術は根拠なき骨折りだ　56

第九歌　弁護士たちと法学者たち　58

第十歌　幾何学者の妄想　60

第十一歌　天文学は狂気の沙汰だ　62

第十二歌　錬金術はいかに虚しくて滑稽か　64

第十三歌　魔術の虚しさと愚かさ　66

第十四歌　聖なる言葉を見棄てて、学的問題に向かう聖なる弁士
　　　　　たちの喜劇　68

第十五歌　富、苦悩、骨折り、危険　72

第十六歌　土木技術への熱中の虚しさ　74

第十七歌　聖職者たちの誓いは虚しい　75

第十八歌　修道士たちの情念がいかに虚しいことか　77

第十九歌　聖なる栄光への野心はいかに虚しいことか　80

第二十歌　すべては喜劇だ　82

痴愚神の勝利　第三部

　　人の情念はすべて結局は虚栄と苦痛だ　83

　　老年の精神錯乱　83

　　フランチェスコ・ルーフォ・ディ・モンティアーノによる、
　　ファウスティーノの墓碑銘　99

訳者解説　101
固有名索引　109

痴愚神の勝利

── 『痴愚神礼讃』(ラテン語)原典 ──

Faustino Perisauli
DE TRIUMPHO STULTITIAE
Soncino (Rimini, 1524)
©2015 Jiritsu-shobo, Inc., Tokyo

痴愚神の勝利
── 『痴愚神礼讃』(テクスス)原典 ──

前置き

ファウスティーノによる、自著『痴愚神の勝利』
および読者諸氏に寄せてのはしがき

　長ったらしい隠遁の闇に憤慨して、戸外の生活に向かう前に、逃亡のための準備にいくども翼を震わせて空中で試行したダイダロス。それは羽根の少ない鳥が巣の縁で翼をそっくり震わせているのにも似て、新たな飛翔術にまるごと自己自身を委ねるだけの確信がなかったからなのだが、この話にも似て、拙著は不足を自覚しているものだから、明敏しごくの批評家たちの繊細な耳や嗅覚の鋭い鷲鼻と、開けた平野で大っぴらに闘いを挑むために外出するよりも、むしろ小箱の中に留まり木食い虫と闘うほうがましではないか、と長らく決断できずに考え込んだ次第だ。そのため、私の手で中断されたまま、拙著は家の敷居内でおずおずと躊躇している。夜の弟子は日中の光に苦しまないし、近眼みたいに太陽には目をくらませておくものだ。今やこの本は玄関の外で小飛行を行い、何をすべきかを尋ねるためででもあるかのように、私の手許に舞い戻ってくる。私はそれによくこう答えている、「おお、無邪気にして好奇心に富む小著よ、巣よりもかなり頑丈な翼を持てるように注意せよ。好奇心は危険の姉妹なのだ。お前の表紙の内側に留まりなさい。うまく隠れて生きる術を心得ている者は上手に生きるものだ。外部ではなく、家の内側に喜びはあるのだ。沈黙ほどに確実なものはない。見られるよりもそのほうがはるかにましなのだ。射程外に脱出するまでは、お前の情念を抑えよ。鼻が私を惑わさないとしたら——見知らぬことを否認するの

はたやすいのだから——不吉な、怒りっぽくて、皮肉で、厚かましくて、無でいっぱいの批評家たち、ミューズの悪しき神官たち、嫉妬深くて皮肉な批評家たち（学者や真面目な批評家は除く）の大群と対決させられることになろう。彼らは私のこの無害なつまらぬもの、文学的下書きを見るならば、嫉妬に毒された針で、痛烈に、眉をしかめ、口角泡を吹かせてどこでも突っついてくるだろうし、疑問符だらけにするだろうし、削除印でいっぱいにするだろうし、歯の間から軽蔑を露わにすることだろう。さながらマルシュアスがアポロンを、カササギがミューズを相手にしたみたいに競争して、大胆不敵にも白鳥のコーラスの中で鷲鳥の歌をうまく融合させようと自惚れる、かくも生意気で傲慢なこのおしゃべりは、いったい誰のことなのか？

　拙著をいじくり回していて、ウェルギリウスのなかにも権威ある古典作家の本文にも見られないような、奇妙な語彙にぶつかったりすれば、すぐに嘔吐を催し、そして犬みたいに吠え立てながら、口を歪め、顔を引きつらせて、まるでおまるを嗅いだりオランダガラシを噛んだみたいに、彼らは額に皺を寄せるだろう。こんな言葉は見たことがないとか、使い古したものだとか、もう廃れたものだとか言って非難するだろう。こういう言葉を大食漢の顔みたいに毛嫌いする振りをするだろう。語句の中に"キリスト"とか"洗礼"とか"天国"とか"心痛"とか"熱中"とか、ラテン詩の中にいまだ挿入されたことのない名詞がくっついていたりすれば、まるでアポロン神殿で許されざる不敬罪を犯したみたいに、ぐちられるであろう。

　さて嘆願者よ、汝は哲学、弁証術、医学、神学、幾何学、天文学、音楽、妖術、錬金術、建築術のような、いまだ論じられざる新しい科目には（これらを詩的に表現することはいかに可能にもせよ）新しい語彙が要求されるのだということを、広場の犬どもに対して跪いて応答しなさ

い。さらにつけ加えなさい——詩はそれほど貧弱でもないし、古典作家の枠をはみ出せないほど制約されてもいないこと。そして、これら明白な学術語はそれほど不吉かつ不浄な星の下で産まれたわけではなく、ミューズの神殿の中ででも少なくともいくどかは許されたことがあるのだということを。

みんなも周知のように、ホラティウスだって、廃用になった多くのものが時代によっては前舞台に再出現すると語っていたのだ。シドニウス、ポンタヌス、カルメル会修道士洗礼者ヨハネ、さらに降ってはポリティアヌスにだって、はなはだ多くの新奇な語が見られる。彼らだって、詩とは何かを知らない、とでも言うのか？　そんなはずがないことはもちろんだ。してみると、詩の中に新しい語彙が出てきたからとて、やじったり、わめきちらしたりされても何を驚くことがあろうか？

ありがたいことに、この拙著の読者諸兄はたとえこういう亡霊に出くわしても、よく了解されんことを。

でも、おお拙著よ、一つのことだけは汝に望んでおきたいものだ。汝は過度の欲求から、未熟ないし発育不全のままで外出しないことだ。どうか汝が通る隘路(あいろ)のことを思いなさい。軽率なことをするでない。身を持すること。外では沈黙しなさい。沈黙すれば非難を受けはしない。それとは逆に、おそらく強情を張って、大胆不敵にも日の目を見ようと主張したりするのなら、それは中傷者たちの悪口に対する薬があると誤って——と私には思われるのだが——考えてのことなのだよ。

けれども拙著はこんなことを恐れるまでもなく、しばしばひとりでこう考えているのだ——「おおファウスティーノよ、お前は外出するのをどうして怖がらねばならぬのか。どうしてお前の掌中にためらいながら留まらなくてはならぬというのか？　私は裾(すそ)を引きずって気取った歩き方はしないし、もったいぶったりはしないし、大言壮語をしたり、尊大

になったり、悲観したりはしないし、エウアンドロスの母とか、ゼウスの鷲の話し相手ではないし、私の言葉は洗練された、古色蒼然たるものではなくて、土着の、慣用で正式に認められており、新しいとはいえ、異国風ではなく、生き生きした、真摯なものなのだ。私は気がかりは排除し、落ち着きを導き入れたいと思っている。だから、おしゃべり連中の牙や、やじや、消しゴムや、突き棒を怖がらねばならぬいわれがあろうか？　私は自由を求めている。もう家の中に閉じ込もりたくはない。だから、どうか外出させてください。もしみなさんのお気に召すとなれば、私は出かける前に山を生み落としてもよいのです」。

　だから、何なりとお望みあれ。拙著はひどく新奇で、手間取り、びくびくしており、自ら満足したりは全然していないから、たとえ闇から出たとしても、それは称賛を得るためでも、誇示するためでも、俗衆の拍手を呼び起こすためでも、鶏冠(とさか)のあるおんどりみたいに歌うためでもない。そうではなくて、罰したり、迫害したり、誤りの数々を酷評したりするためなのだ。豹紋よりも多くの打撃を受けることは先刻確信しているところである。最後に、沈黙よりも批判にぶつかるほうが名誉なことと見なしているので、拙著は寛大で甘やかすのではなく、厳しい容赦しない審判を求めたい。たとえ詩作にせよ、私の詩が求めているのは、劇場の拍手ではなくて、むしろ少数者の秘かな感嘆なのである。

　だから、すべてのミューズにかけて、最善の読者諸兄にお願いする。とりわけ、学者諸兄には、この私の若気の試作、この愛によりあわただしく仕上げられた粗末な初物——遅滞に耐えられずに、成熟するのを許されなかった作品——を検討されんことをお願いしたい。そして私に対していかなる判断を下されようとも、それが嫉妬によりそそのかされたものではないことを願いたい。

　それでは、公平善良なる方々よ、どうか私の目下執筆中の著書——『平

和尊重について』と『人間の優秀さについて』——をも信用してご期待されたし。こちらはより高尚で推敲されたものなので。

痴愚神の勝利　第一部

序　歌

　私が歌わんとするのは、武器、欺瞞、狡猾、抑えがたい勇気、魅惑、権力、無限の王権、最高の力を持つ痴愚神の勝利である。神々の集団はかつて天の十字路でこの無分別で狂気にかられた行為を見て、冗談を言ったり笑ったりしながらも、優しく微笑したり、拍手喝采したりして、銘々が固有の愚鈍を痴愚神に許容したのだった。ただし、この女神の欲する役割を抑制した上で、残りを彼女の奴婢たる意志を助けて、人の定かならざる心を従わせるために配分せよとの義務を課した。彼女が狂気の女王、女主人として居合わせてうまく盾になれるようにするためである。

　こういう遊びには笑いの神もおそらく居合わせたらしく、女神の顔や、身振りや、言葉を真似ながら、彼女に忠実な伴侶や仲間を授けたのだった。

　さてそれでは狂気の女神よ、汝に嘆願したい、どうか天から降りて行き、汝の義務を果たしておくれ。神々が汝をいくらか引きたてたからには、この恩恵を汝の誇らしげな胸から私の胸に降ろして、私と一緒に汝の所業をすすんで歌っておくれ。汝は人力がいかに弱いかを承知だ。その業はすべて愚かで虚しい笑い話だ。実際、汝は万事に透入しており、汝の力だけが世界を支配している。万物は汝に満ち、天空の下ではさながらエジプトのアンモン神みたいに汝の助言なしには何も生じない。

　おお女神よ、汝はこういう者を育む。この者に汝の息吹をすっかり注ぎ込み、心中に奥深く浸透する。それで後者は残酷な運命の脅迫する武

器も重大な事件も軽んじて、不運もその電撃をも嘲笑している。汝は心にあふれる優しさを振り撒くから、汝が訪れるとどんな艱難辛苦も笑いと化し、悩める者たちを陽気にさせる。

　汝は万能調味料であり、万事に重宝されている。汝なしでは戦士は勝利に辿りつけないし、汝なしでは雄弁家の弁舌は生彩を欠く。汝なしではミューズや詩作の霊魂は笑いものとなる。汝なしでは医者は惨めな暮らしをし、数学は数に苦しみ、大嘘をついて信用されなくなり、音楽は歌で誰をも楽しませなくなろう。汝なしでは絵画は何らの美も表わさなくなり、おかしな身振りの無言劇も汝なしでは大失敗となろう。汝なしでは美男のニレウスは怪物コリュテウスになり、皺(しわ)だらけのネストルがナルキッソスと人違いされよう。汝なしでは豚が雄弁なミネルヴァと見まちがえられるであろう。汝に従うことで、みんなは楽しい生活を送り、それぞれに満足しており、自分の家紋とか、才能とか、祖国とか、出身とかを誰も悔やんではいない。それどころか、汝が忠告して、本当は愚かなのだぞと明言しても、みんなは自分が賢者で王であり、幸せで、寛大で至福だと思っている。だからスキタイ人はシクリ人の祖国と自らの祖国を取り替えたがらぬし、プリュッリー族はそのやせた畑をラティウムの平野と取り替えはしまいし、モルニー族はアテナイの富を全然気にしたりはしないであろう。

　詩人バウィウスは修辞学者ワロに屈せず、マエウィウスがウェルギリウスに屈しないのは、アポロンが鵞鳥や白鳥に屈しないのと同じだ。結局、誰でも君の入会者でなければ、君の仲間内でなければ、または機嫌よく平気で眺めておられるのでなければ、甘い人生を過ごせはしまい。

　されば私は君の後援の下に、好都合な風に凧を揚げるとしよう。幼年期を脱した不安定な時代にどの道をたどるかおぼつかなかったとき、サモス人〔ピュタゴラス〕の作りし字（Υ ユプシロン）が私に人生の手本を示してく

れた。

　真剣に沈思黙考し始めて、いかに重大な過ちが俗衆を惑わせているか、希望、熱望、努力、苦痛、勉強、研究、学芸がいかに虚しいかに私は気づいた。また人生とは大爆笑を惹き起こすほどの痴愚の錯覚以外の何物でもないことを。そのときから私が抱いてきたただ一つの不動の意欲、唯一の愛、唯一の思い、唯一の熱意、それは虚しい情愛を窒息させ、熱望を追い払うことだった。そして長い努力の後でやっと平穏に到達でき、心配は消え、もはやその面倒で私が苦しまされることは解消した。
　ところが今度は突如他人の痴愚や自分の脳内に育ったそれが出来(しゅったい)して、手に入れた静謐(せいひつ)をかき乱そうとし、もはや呼吸することも休息することも眠ることもままならなくさせられたのだ。この悪しき説伏の女神はかくも生意気で執拗なのだ。海神プロテウスでもこの獣が姿を変えたほどには変形しなかった。
　日に日にそれは強まって頂点に達し、とうとうその女神は無口なセリフス島の蛙、または沈黙の神ハルポクラテスになってしまった。舌が口蓋にくっついたり、唇に縫いつけられたりしたら、私は歌ってはおれなくなろう――俗衆の忠告がいかに馬鹿げているか、空の星屑や、森の葉っぱや、海の魚類や、浜辺の真砂(まさご)ほどもある、数多くの願望がいかに法外であり、活動がいかに虚しいかということを。
　ページを満たしたいのは山々だが、素材が多くあふれ返っているために、私は茫然自失して原則も見つからぬありさまだ。
　私の唇はピンプラ、エウロタス、ペルメッスス、フォキスの河の水につかってはいても、痴愚神を十分にふさわしく賛えることはできないだろう。
　この女神は手に余る信念を吹き込んで、人類を育み、誘惑し、引きつけ、煽(おだ)て、唆し、拍手喝采で気を引き、まるで魔法使いみたいにみんな

を魅了する。かくも大きな魅力が那辺に及ぶのかは私には分からない。今やすっかり厚かましく、高慢で横柄な女主人となりはてて、王冠を欲してどこにでも口を出したがっている。数多の同調者や信奉者、奴隷を擁しているから、世界を服従させたと言ってよい。今やいつも以上に、この戦いの女神は残りの世界（そんなものがどれくらい不足なのかは分からない）を征服したくて荒れ狂い急き立てている。狂った騎士や愚かな重装歩兵を鼓舞し、軍隊を二分している。そのなかから数名を選び、精鋭として用心深く右手に配置し、これらを誰よりも歓迎し、忠臣扱いし、愛撫し、愛情をもって眺める。彼らはまったくの愚か者たちなのであり、自分らが愚かであると自発的に公言しており、まぬけであって、またそう見えたりそうあるのを欲している。彼らには賢さのかけらもなく、逆にこういうともがらに備わっているのは生まれつきの痴愚だけである。

　よく判断し真に信ずるべきだとすれば、この種の者より見事な状態はないし、これより幸せな生活もない。彼らには心配、不安、物欲、恐怖、憎悪、恨み、文句、喧嘩、おぞましいもの、妖怪、亡霊――夜の恐怖――は存在しない。武器の恐怖、死の恐怖、心の盲目の激情、突然の動揺に悩まされたりはしない。恥辱、非難、暴力に傷つけられたりはしない。彼らは確かに神々にささげられているのであり、実際誰にも彼らに害を負わせようとは思わないし、猛獣も彼らを噛んだりはしない。彼らが顔や言葉で公然と示すのは、心とか頭の中に抱いていることなのだ。すべてが単純そのものであり、狡猾とか策略に依ってはいない。さらに付け加えると、いつでも歌ったり、遊んだり、笑ったり、冗談を言っている。他人や（悩む人びとをも）喜ばせ、歓待し、面白がらせたり笑わせたりする。彼らが神から容認されたのは、人びとの悲しみや苦しみを和らげるため、心痛を解消するためなのだ。要するに彼らはひどく優し

くて、受けがよくて、君公たち、大物たち、王たちにとってさえひどく楽しいものだから、好ましいものと見なされているし、彼らなしでは食事することも柔らかいベッドで眠ることもできぬと思われている。彼らなしにすますことはできないのだ——一日どころか、一時間すらも。

　おお、至福にして、神々に歓迎され、良い星の下に生まれた、優しくて、喜ばしい、ありがたい種族よ！　生前には愉快に、死後にはより愉快でいたまえ。汝は極楽(エリュシオン)の日陰に赴くことだろうから。そこでは魂たちが気晴らししたり、野原を散歩したりする間に、汝はその冗談で彼らを笑わせたり、自らその仲間になったりするのだ。だから私は汝を敬うつもりだし、私の舌も汝の賛辞を極めることはできまい——後世の人びとへの記念碑となる浩瀚な書物を満たすまでは。

　でも今は（どうかお願いだ）ミューズがより重い靴を履き、より重要な仕事に立ち向かう私に、痴愚神が左側に並ばせた人びとのことを苦い韻文で詠む義務を課したまえ。

　こういう虚偽の、とぼけた、不快な連中の集まり、これよりも狡猾で抜け目ないものはないし、これより巧妙なものはない。すべてこれ欺瞞、技、奸計、陰謀だ。怪物エンプサエよりも変身し、第二の変年の神(ウェルトゥムヌス)みたいだ。自らが愚かだと言ったり示したりしたがりはしない。二枚舌で真実も虚偽も語る。役立つことは示し、害になることは黙する。たくらんでいることは自身の内に隠し、言葉で知らせるのは、すべて心中にあることの真逆である。人びとの間ではさも賢い素振りにこれ努めて、いつも用心して反対のことを表面に出して芝居しようとする。しかも、これだけがこういう連中の悪なのではない。それどころか、はるかに烈しくて腹黒く、いつも興奮しており、落ち着かずに強奪したり、溜(た)め込んだり、支配したり、飛翔したりしようと待ちかねている点では、少年、若者、愚かな老いた男女と同じだ。

第一部　17

されば私は怒りではち切れながら、この汝に歯向かうかのような二枚舌の庶出の怪物、つまり痴愚神を追跡することにしたい。こ奴は私の楽器(シターン)の弦をかき立て、肝臓を傷つけ、胃酸過多にする。でもこれが韻文の素材と源を提供し、才気の力や言葉を与えてくれるのである。

されば、人の五感がもやで覆われており、この粗雑な種族が根源から退化しているのを見るにつけ、また理性をすっかりなくしてから、怒り狂った挙句、まるで雑多な生薬、しぼり汁、下剤を投薬しても治らず、浄血剤をすべて飲んでも治らず、ありとあらゆる葉身も精神病薬(ヘレボルス)とはならず、海や大地がヘレボルスになりはしないのを見るにつけ、この病んだ種族のために何か妙薬を見つけたり、これで医者の手を借りようと渇望して、私は同情し、こういう不当な運命を深く悲しんだ。そして内心省察の上、何とかして人びとの心からこういう膿(うみ)を剥ぎ取れるのなら、試してみようと決意したのである。この病が根深く喰い込んで、医者の手に負えなくなっていても、それでも私にはこの狂気を治せないにせよ、軽減したり、この虚しい騒動を鎮圧したり、人間にましな助言を示唆したりすることが認められているのではないか、と。そこで残りの全歳月が理性の道を注視して、重大な過ちを避け、すべての虚偽の霧を遠去けるようにするために、私は欲したのだ——すべての人間が一人ずつ俗衆のいまだ知らないような、そして触れ役人が大声で「みなの衆、眠りから目覚めなさい、警告する、さあ目覚めなさい」と叫ぶみたいな、賢明な忠告、幸福な生活、真の善に招かれるようになることを。この叫び声はどんなに遠い耳にも届くだろうし、心の到着しにくい奥にも浸透して、麻痺した人びとを目覚めさせ、怠惰な人びとを刺激することだろう。「おお、まぬけな大地の息子どもよ、おおモグラの目どもよ、みんなが衣服の下に隠れて前進したり、みんなが自分の役割を演じ、役目を果たしたりする喜劇でしかないとしたら、この人生はいったい何なのか？」人間

は道化師だし、技は芝居だし、偽りの配慮は喜劇だし、運命はみんなに命じて舞台に登場させて、しばしば二役を演じさせる監督だ。だから初めには王の役を演じた者が上着(トーガ)を脱ぎ王冠を取って、今度は貧しい奴隷の役を演じたり、同じくぼろで身を隠したりする。初めは陽気に踊ったり歌ったりしていた者が今度は泣きながら登場したり、悲しげに死を悼んだりする。こんな冗談が性(たち)の悪い運命を演じているのであり、それはわれわれを星々に運んだり、地獄に突き落としたりするのだ。

　だからおどけた道化師どもよ、声を変え科(しな)を作ってこの世の舞台でさまざまに演じるがよい。あらゆる人物を演じ、理性を放棄して、暮らしたまえ。さながら羊飼いから逃げ出し、肥沃な牧草のある極楽の小丘を避けて、世間の薬園にカワラニンジン、刺だらけの草、ニガヨモギ、ドクニンジン、イチイ、イラクサを探し求める動物みたいに生き、そこで痴愚のワインをたっぷり飲みたまえ。狂人どもよ、どこへ突進しようとするのか？　さ迷える群れよ、どうして禁じられた所へ駆けつけて、地獄の隘路(あいろ)でさ迷い、無数の網、無数の罠にぶつかったりするのか？　人生で為すべきこと、世界舞台で演ずべき芝居、神が君を創造した理由を知らぬのか？　母なる自然も聖なる摂理も、人に理性を授け生の恩恵を分かるようにして地上に招いたのは、不幸な者が渦に巻き込まれたり、沸き立つ苦労に押し流されたりするためではないのは明らかだ。また残忍な闘争、死、剣や武器を探すためではない。また人生を悪逆無道で送り、黄金欲で貧乏人の血を啜(すす)るためでもないし、詐欺、欺瞞、狡猾の手玉になるためでも、許されざる性の主役になるためでもない。

　男よ、目を上げて、沈思黙考し、世に生まれた理由を吟味せよ。主なる父の王国からこの大海に落下した理由を。君が何者か、君の似姿が誰を表わしているのか、君と天との関係がどうなっているのかを、どうか悟ってくれたまえ。天の蕾(つぼみ)なる君には、神が分け入り、君の全存在の中

で生き、しかも聖なる光のほかに、神に似た心と星々へ向けた目を授けて、君の真の父を見つけ眺められるようにしているのだ。なのに、どうして君はその栄光をこんな悪臭を放つ馬屋の中に葬り去り、しかも糞の中で転げ回ったりしているのかい？

第二歌　人びとの所業は虚しい

　君が狂人ででもない限り、省察してみても、人間のあらゆる愛着、あらゆる労苦が虚しいことをきっと分かりはしまい。われらの所業がすべていかに確信に支えられていようとも、不備、不安定で、腐敗しやすく、はかないかを。
　どうか過去数世紀に目を向けておくれ。安定したものが何一つ見つかるまい。逆に万事の蝶番(ちょうつがい)が外れて、無敵の運命に強制されて滅亡することが分かるだろう。
　われらはいくにんかが波にまたがり、波浪や橋の上で生き続けるのを見てきた。或る者が膨張した海、浮動する川、沼、湖を引き放したり、波をかき集めたり、海を陸地の中に閉じ込めたりできたのを見てきた。
　或る者が岸壁に穴をあけたり、地面の奥を穿って、そこから軍用車や軍隊を渡らせたりするのを見てきた。逆に、或る者が山頂を割ってから峠を横切ったり、或る者が山や雲を頂いた峰を途方もない苦労をしたり、火や酢の爆破力で突破するのを見てきた。山々の間を船団に渡らせたり（不思議なことよ！）山に山を投じて天上によじ上る、奇怪な種族、狂った強心臓は見ものだ。こういうことを無知な俗衆は感心して眺めている。ところがこんなことはみな過去となり、芝居は閉じる。
　私はこういう虚しい試み、こういう難行を愚弄しており、間抜け心の徴、狂気の所業として嘲笑っているのである。

第三歌　民衆も国家も喜劇だ

　民衆、国家、城壁、都市、これらは没落する。アッシリア人は強大な帝国を持っていたし、アッシリア人を亡ぼしアジアを獲得したメディア人も、今度は敵のペルシャ人に略奪された。パンディオン王のアテナイは大軍をもってトラキアの傭兵、ビザンティンの諸王国、ボスフォラス海峡、黒海、雪を頂くタナイス、サルマティアの強国、コルキスのファシスやゲタ族を征服した。すると今度はスパルタが突如立ち上がり、いたる所で勝利して、栄華を誇ったアテナイ人やその戦士を踏みつぶした。そしてペロポネソス半島を征服し、ギリシャ人を服従させて、飽くことのない豪胆さをもってすべてを破壊しながら、領土を途方もなく拡げた。だがそれからアレスの末裔で蛇の歯から生まれたテーベの若者がスパルタを征服し、全体の主人となった。その後マケドニアの民が勢力を増したテーベ人を滅ぼし、この無分別な運命は自らに剣を向けて、喜劇と化した。アレクサンドロス大王が王国も都市も民衆も服従させ、下界も海も河も山も支配し、ただ破滅に向かうべき別世界だけを夢みた。その後は？　彼が死ぬと、万物の長たる死は小さな大理石の下に度外れの功績を閉ざした。死は隠れるように黙って抑えがたい熱狂を消し、人の推移が笑劇だということをわれわれに叫ばせるのである。

第四歌　都市も灰や喜劇なのだ

　メディア人の優雅さはいずこ？　彼らの邪悪な帝国はいずこ？　アルゴスは今いずこ？　アルテミスの愛するデロスはいずこ？　ネレウスのピュロス、サラミス、スパルタ、ミュケナイ、ゼウスを育てたオレノス、エフュラのコリントス、フェニキアのテュロス、プレウロンやメレアグロスのアミュクライ（スパルタ）は今いずこ？

　トロイア人の栄光は甚大だったが、この輝かしいトロイアの城壁は今やイバラが茂り、どこにも跡形もない。セミラミス女王のかつての記念碑で名高いバビロンは今や寂れて、沼地にパピルスが生えている。かつてのカルタゴの赫々たる武功はどうなったか？　スゲ、イバラ、沼地のアシで覆われているではないか。かつてはピラミッド、巨像で有名を馳せたナイル川のメンフィスとても、今やかくも偉大な仕事のいかなる痕跡も留めてはいない。かつて美しかったものをも高齢の時は狂暴な歯をもって滅ぼしてきた。かくして万物は突如無に帰するのだ——何事もなかったかのように。

第五歌　ローマもこれまた作り話なのだ

　どうかローマに踏み込みたまえ。これ以上に力も威厳も優れた所、栄光の輝いた所はなかったし、太陽の下でローマより荘厳だった所はない——運命が許した間は。古代ローマ市民の記念碑を想起されよ。大理石、公衆浴場、橋、広い劇場、彫像つきの中庭、アーチ、広場、神殿、円柱を。すべてが藪に覆われてあちこち散在している。過去を想起しながら、各時代を遡ってみたまえ。ロムルスの地が現われる以前に、ローマはどれほどの軍旗、どれほどの敵、帝国、人民、王国、王冠、暴君を根絶させたことか！——世界を屈服させて覇権を手に収めるまで。ローマ市民の後で、どれほどの元老院議員を見たことか！　どれほど多くの者たちが——執政官が没落してから——アウグストゥスの王座に即いたり、尊い元老院の座を占めたりしたことか！　どれほど大勢の法王がこの聖い権威を帯びたことか！　今彼らがどこに居るかと尋ねられたなら、（お答えしよう）大地の内部かハデスの沈黙の王国に閉じ込められているか、深い忘却に沈められているか、輝く星々に受け入れられているかだ。人民を傲慢に平伏させたり、敗者を屈服させたり、世界を鎮圧したことは彼らに無益だった。艱難辛苦してきたことは無用な業だったのだ。だから現在のことは煙なのだし、また未来のことも虚しい作り話なのだ。

第六歌　永続する名声とても何にもならぬ

　誰かが反論するかも知れない——赫々たる偉業、美徳、名声は闇に葬られはしないし、だから生き永らえるだろう、と。たしかに英雄の名を生き永らえさせて、後世に知らせることが素晴らしいことは認める。だが、そんなことは深い眠りに葬られたり、もう何にも感じなくなったり、あるいは好もうと好むまいともっとも重大な心配事に捉われたりしたら——たとえ生きている間に不死を手に入れるために必死になったにせよ——、いったい何の役に立つというのか？

第七歌　人生はすべて労苦である

　おお、何たることか！　われらは死後ばかりか生存中も喜劇なのだ。この人生は盲目に闇へと突進する以上、確実なものも安定したものもないということを言ってくれるかい。少々休憩を楽しんだり、順風に当たったりするのを希望するのは虚しいことだ。それどころか、残忍なカリュブディスの渦巻きがスキュラの岩にわれらを投げつけ、たとえスキュラを逃がれても〔アフリカ北岸の〕シュルティスの流砂がわれらを呑み込むか、葬るかだ。心の平安はなく、本物の楽しみはない。素晴らしい年にも幸せな一日はない。不安、心配が心をかきむしり、いずこも心労と覚つかなさだらけだ。ああ、哀れなるかな！　われらは死に屈服させられた苦労でいっぱいの無力な沼でしかないとしたら、いったい何なのか？

第八歌　少年少女時代は虚しい努力に曝される

　注意して、われらのさまざまな年代を精査してみよう。第一に幼児は何をしているか？　竹馬遊びをしたり、行ったり来たり、何でも飛び跳ねて踏みつける。いろいろの遊びを考えだし、いつも新しいことを試みる。父親の忠告や、言葉、脅迫に怯えたり、母親の命令を逃がれたり、殴打を恐れたりする。

　就学期になると、黙って呪いながらも泣きの涙で通学する。

　クルミの木や、輪や、球で気晴らししたり、奇数や偶数のさいころ遊びをする。

　手押し車を糸で引っぱったり、ハエをトリモチで捕らえたりすることも学ぶ。笑いごとか？　冗談ではないか？　そのとおりだ。

第九歌　若気の情熱は虚しい

　それから少年が大きくなり大胆になると、犬や馬を欲しがったり、がむしゃらな恋の争いを好んだり、踊りや音楽や楽器を好んだり、奴隷の群れを好んだり、何も知りもしないで結婚したがったりする。

　ある者はチュロスの服を、ほかの者は自分の美形を、あるいは大王たちへの召使いになることを好む。

　こういう執心、こういう苦労は夢にすぎないのでは？　疑いもない。

第十歌　犬や馬を飼うのは馬鹿げている

　おお盲目どもよ、何たる狂気！　多くの愚行は何故か？　耳をつんざき反吐(へど)や糞まみれの犬を何故にたくさん飼うのか？　何故に動物を檻に入れて手なずけたりするのか？　おお不実者よ、それを知らないのなら、ここで哀れな生き物を飼うがよい。アクタイオンの例を取り上げてみたまえ。彼は飼い犬のえじきになった。この忠告は君のためなのだ。君もアクタイオンがなったみたいになるだろう。

　馬をしつけるよう駆り立てられているその狂気は何ぞ？　この動物はいつも君を投げ落とそうとするし、野性的で、高慢で、野放図で、綱に繋いでおいても絶えず囓っては喰いちぎる。腹がふくれると、食べ物で自信がつき、主人を蹴り落馬させる。急いで駆けなくてはならぬときには、拍車に従おうとはしない。逆に停止せねばならぬときには、手綱を囓り、鬼みたいに君を破滅させる。逆に速度を緩めなければならぬときには、立ち止まろうとはしない。隠しておかねばならぬときには、騒いだり、嘶(いなな)いたりする。

　こうしてみると、君は犬や馬以上に獣なのだ。

第十一歌　恋人ほど変わりやすいものはない

　君がうわの空で見境なく、甘美な愛を追い求めるのなら、(知るがよい) 人生ほど変わりやすく厳しいものはないことを。恋人が「何て幸せ！　おお、終わりなき幸せな夜よ！」と幸せそうに叫ぶのを聞くかと思えば、今度は逆に苦しんで、相手の非情さに泣くのを聞くことになる。シターンを奏でるかと思えば、しじまの夜に女主人の扉の前で泣いたりする。詩作を送るかと思えば、「自分は何て不幸者よ！　あの盲目の獣なる愛神が自分を悩ませ、引き裂き、焼き、殺す」とうめいたりしている。

　狂人になったり、首吊りしたり、のどをかき切ったり、薪が積み上げられると、胸を突き刺したりする者もいる。

　いったいこれはそもそも何ごとか？　大笑いの的にすぎぬではないか？

第十二歌　踊りに熱中することの愚かさ

　うかつにも気まぐれに、若気の執着にひっぱられたり、むしろ無知や虫食い頭に誘われて、踊りに忙殺される者のことを書き添えなくてはならない。

　自分自身で旋回したり、右や左へと絶えず動き回ったり、空中に舞い上がったり、地面に落下したりする、ほとんど狂った少女を見物することほど馬鹿げた、愚かなことがあろうか？

　君は汗をかき、息を切らせて渇きに身を焦がす必要はないし、埃や汗まみれでも、負けるには及ばない。

　そのときにはヴィーナスが炎をかき立て、キューピッドが無情な本能をかき立ててくれる。すべては目と手の戯れなのだ。そのときには人はこっそりつぶやき、相手の耳にささやく。銘々自分の苦しみを語るのだ。

　踊りがかき立てるものを考えよ。それは性愛の源泉、刺激だし、犯罪の極悪の根っ子、不幸、誘惑を孕んだ種子であり、淫欲の火種、無辜な心を滅ぼす元(もと)なのだ。

　おお、狂人よ、おお、愚か者よ、大根以上につまらぬ者よ、このように引き回され、ひとりで回転するのが狂気、めまいの発作でなくて何だというのか？

第一部

第十三歌　音楽への愛は虚しい

　さて、楽器に撥を当て伴奏する陽気な連中に、私は誘いよせられる。快い合奏に融け込む合唱隊のさまざまな声に聴き惚れているうちに、全音、半音、音色、嬰記号、線間、ジャンル、休止符、組織、和音、旋律、節回し、強、弱の流れに身をまかせているうちに、ゆっくりから速くへ、高音から低音へと移行するうちに、時間は為すすべもなく過ぎ去り、どの歌も思い浮かべられはしない。

　動転した頭、悲しい心、苦しい気持ちをシターンで宥めることができても、君の声が小鳥を驚かせ、大地、星々、海を魅惑させても、また魚が驚いて岸に押し寄せ、風が猛威を、雷が轟音を止めても、また君が撥や竪琴や、牧笛で森を感動させたり、動物を手なづけたり、岩石に聞かせたりできても、君の歌に慰められて、死人の群れがいつもの威嚇をあきらめ、冥界の岩から急いで飛び去っても、それでもそれほど甘美で気持ちよくて力強いハーモニーは存在しない──死という不易の裁定を取り消したり、少なくとも遅らせたりすることができるほどに心地よいメロディーは。

　君が人を引きつけるリズムで声を整え、無分別に満足している間にも、死は思いがけず忍び寄るのだ。そしておめでたいことには、君はそうしたことをまったく予期しないうちに、死は君を絞め殺し、君の声もリズムも喉で絶ってしまう。こうして残るのは、黙した遺体と歌われた茶番のみだ。

　歌いつつ罪を犯したり劫罰を受けるよりも、泣きつつ歓びに到達するほうが、どれほどましではあるまいか！

第十四歌　大勢の下僕を愛する人たちについて

　いま私に思い浮かぶのは、大勢の下僕につきまとわれた痴愚神の滑稽千万な姿である。風でふくらみ栄華に心を奪われて、無限の取り巻き、無用の俗衆を養っている連中の姿だ。

　下僕どもに食物を与えるとしたら、何と狂っていることか！　彼らが忠実だと信じるのなら、君は思い違いをしているのだ。

　下僕たちは主人にとっての災難なのだ。下僕の数ほど罪があり、隠れた敵、泥棒、毒杯、喧嘩、争い、諍(いさか)いも多くなる。下僕の数ほど不幸、煽動者、戦い、損害、怒りも多くなる。

　下僕はすべてを探り、隠し、包み込み、焦がし、蝕み、奪い、匿(かくま)い、目立たせ、盗み、着服し、貪(むさぼ)り、呑み込み、吐き出し、飲み、小便し、どこでも糞をひる。

　下僕は汝が何を為し何を思っているかを知りたがる。でも素知らぬ振りをし、命じられることを聞こえぬようにしようとする。何でも知っている振りをしながら、喉、腹、口、安逸、無精、ベッド、眠気、好色が唆すこと以外に知ろうとはしない。

　立派な奉仕を約束するが、じきに主人の権利を侵害し、どうにも手に負えぬありとあらゆる暴虐非道な指揮を牛耳る。そして汝は数多の損害、侮辱、詐欺を蒙った後で、償いをせざるを得なくなるであろう。このように、汝が愚か者だと思っていた使用人たちが、逆に汝を彼らに等しいか、彼らより以上の愚か者にするだろうし、汝はだんだんと俗衆の哄笑の的となることであろう。

第十五歌　結婚への狂った欲求について

　数ある大愚行のうちでもこれは最大の、無比にして唯一の、最高の女王であり、魔法使い、獰猛な毒殺者、鬼婆であって、男たちを縛りつけたり、魅惑したりして、愚かにも自由な男が結婚の鎖に進んで結ばれたり、女の愛に捕らわれたりすると、彼を奴隷にしてしまう。汝が誰であれ、間抜けで、狂人で、未熟で、無用心で、うろたえていて、そうとも知らずに迷宮の迷路に踏み込むなら、どうか注意されよ。もっと賢くなり、両目をかっと開き、用意されている罠を見つめたまえ。

　厄介なのは妻という、手に負えぬ管理、煩わしい重荷だ。心にとり、これ以上にひどい荷物はない。妻は責め苦であり、絶えざる罰であり、内的苦痛、絞首索である。

　妻は三時間の女ではなくて、生涯の客なのだ。客というよりは、むしろ汝の敵というほうが良かろう。実際、それはしなびたけち女でなくても、伝染病持ちでなくても、死なない限り、汝の床から追い払うことはできないのだ。

　汚れた妻に触れると、汝はその害が芽生えるや鎮圧するか、さもなくば強力な胃袋でもって、抑圧的な胆汁の下にそれを隠さなくてはならなくなる。

　逆に、もし彼女がひどく美人だとしたら。汝の両足の鎖となり、死以外にはそれを解きほどきはしない。これはたぶんみなに共通の第二の災難だ。

　逆に、妻が醜くて病気になれば、容易に憎らしくなり、棍棒の対象となろう。

このことを考えても、頭から軛にかかるのをうまく避けられないとか、交わした約束を守るように仕向けられないなら、立ち止まって、傾聴することだ——何に立ち向かうべきかを。

　新妻が大騒ぎとともに家にやってきたなら、居合わせた者たちのために備えねばなるまいし、（曾祖父をはじめとして大勢いる）身内の群れを養わねばなるまい。だから汝が誰にせよ、もうひどい渇望の奴隷として、妻を娶るか否かましなほうを熟考し、よく抵抗して、三十年間試験にかけたまえ。そして問題の各面を入念に検討してからは、天が招く決心を受諾したまえ。もし冒険を延期したくなければ、もし汝にその女性が火急の問題なのならば、まずは家をはでな布地で覆い、食事、食前酒、婚姻の晩餐を用意し、喉を刺激するための第一番目の料理としては、砂糖入りの松の実の心、甘い砂糖パン、胡椒の粒を混ぜたパイを提供しなさい。招待客のために、各所からふんだんな上等のワイン、中甘口のワイン、半熟成のワイン、クレタ、レスボス、キオスのワイン、マッシクス産のワイン、セティアのワイン、ギリシャのワイン、ファレルヌスのワイン、トレブラのワインを入手しなくてはならぬ。それから必要となるのは、ソーセージ、ラード、焼き鳥、魚、野禽獣の肉、塩水、ブドウ液、丁字ソース、ハチミツ、干しブドウ酒、蜜酒、酢だ。さらに、辛い食べ物、食欲をそそるチーズ、パン、ミートパイ、ミートボール、砂糖菓子、オートミール、シナモン、香や、バクトリアとインドが産する胡椒、最後にテーブルを飾るのは、ロサスの精髄、果物、雑多なケーキだ。これで不足ならば、献酒が際限なく繰り返されることになる。

　おお薄幸極まる夫よ、汝にかかる出費に立ち向かい、多額の金を捨てる勇気があっても、気の毒なことよ！　だが最大の出費に直面してもそれは、結婚の不幸の極小部分なのだ。

　しかも金持ちか貴族の女を娶ったとしたら、彼女は娯楽、幼児の遊具、

幼稚な遊技を捨てた後で、優美を生じさせるさまざまな装飾品、過度の出費に移ったり、女性を熱中させる香水へと向かったりする。メドゥーサのこの娘はエリトリア海岸産のあらゆる宝石やサンゴ、琥珀のネックレスをつけたり、指には金や緑柱石、エメラルド、ダイヤモンドをはめたがる。

　さらには付け加えて、汝はたとえ望まずとも、彼女に買ってやらねばならぬのだ——夥しい衣服、外衣、足飾り（ひも）、首飾り、オレンジ色のヴェール、丸いスカート、小さなクッション、ヘアネット、絹リボン、ボイオティア・コート、日傘、腕輪、ブラジャー、ウィンブル、ベルト、頭巾、イヤリング、ブレスレット、櫛、ブローチ、ハサミ、靴、スリッパ、サンダル、扇子、宝石、鏡、縮れ毛用鉄具（かなぐ）、歯みがき粉、侍女、馬、ラバ、フリーズで飾った馬車を。

　これ以上列挙して何になる？　その多くは言わぬままにしておく。家を出るときは眉を描き、ゆったりと体を後ろに、首筋を伸ばしてあたりを歩く。その顔はすっかり塗りたくって、水晶みたいに輝いている。こういう病にもう一つの苦痛を加えねばならぬ。もし不生女（うまずめ）なら、嘆くだけではすむまい。「ああ悲しや、子孫なしで死に、われらの遺産はよそ者の手に移り、われらの大理石の館、よく手入れした農園も占有されるとは！」

　逆にあまりに多産で、しかもみな女児を産むならば、一家が増えるにつれて、どう彼女らを配置し、うまく嫁がせるか心配が増そう。どこで持参金や、全員の食糧を得たものか？　もし男児たちが産まれようものなら、いつも不安がつきまとおう——よく栄養を与えて有能にしなくてはならぬから。彼らを裕福にさせるためには、いかなる類の不正行為も容赦しなくなろう。

　さらに下層民だったら、夫婦が貧乏だったら、どうだろう。子息らは

農夫か、職人か、工具になろう。農夫ならば、耕作したり、牛を軛でつないだり、犂を動かしたり、種をまいたり、鍬入れしたり、乏しい畑を熊手でならしたり、鎌で刈り取ったり切り取ったりするほかあるまい。仮にデイフォボス〔パリスの弟〕とかネストル〔トロイア戦争でのギリシャ軍の名長老〕からその年齢を授かっても、その子はいつも貧乏で、いつも疲労に苦しめられ、やつれて、窮乏し、病弱で、決して満腹することはできまい。こういう、しかももっとひどいのは、貧しい妻に残された運命だ。縫ったり、繕ったり、布糸に筬を通したり、刺繍したり、洗ったり、かがったり、紡いだり、丸めたり、皿洗いしたり、貧乏な家を掃いたり、哀れな寝床を手で叩いたり、せつく乳飲み子にたるんだ胸を差し出したり、羊の群れを牧場に連れ出したり、乳搾りしたりするのだ。こうして女性は安堵の暇もなく、無為に座ることもできはしない。祭日に休んでも、へとへとになって踊りに身を任せ、汗みどろになって、空中に飛び上がり、踊ったり、跳ね返ったりすることになる。

されば貧乏にせよ金持ちにせよ、妻を持つ者は同じ屋根の下で平穏を保つことは決してあるまい。妻が生きている限り、永遠の決闘を交わすことになろう。寝床でも食卓でも諍いは止まないだろう。

結婚しても君が離婚することで順序を裏返しして、平安、愛、休息を生じるであろう。

実に女の性質とは、不平たらたら、残忍、傲慢、ひ弱、偽善、気まぐれ、軽薄、移り気、性急、ぺてん、愚鈍、虚弱、不完全、好色、横柄、変わりやすさ、御しにくさ、辛辣さなのだ。

もっと知りたいのかい？　女性とはことごとくこれ奸策、欺瞞、罠、無謀なのだ。ことごとくこれ口先、癇癪、害毒なのであり、怒りや憎悪を忘れず、重苦しくて、短気で、流血を好む。掟も反省も理性も中庸もない。欲したことも嫌い、先に拒んだことを要求する。物知りかと思え

ば無分別だし、承諾しておきながら目もくれず、泣きながら笑い、黙っていながらわけもなくへらず口をたたく。ほかにもっと？　女性が愛し求めるのは、ただひたすら、夫に悪い印象を与えて、困らせることだけなのだ。

　もしも君が心配事があったり嘆いたりしようものなら、君をむかつかせて怒り狂い、君も彼女に腹が立ってくる。君が食べたくないときには、彼女は悪しげに叫んで、その料理は君に吐き気を催させる。

　もしもときどき眠気に襲われるなら、君を見下げて面罵する──浮気が君の体をぼろぼろにしたのだ、と。

　だから、こんながなり女を食べさせるよりも追放するほうがましだろう──もし彼女がかたくなであるとしたならば。

　さあ、今こそ悟ってから、プロメテウスがスキュティアの断崖で苛(さいな)まされたような、そんな磔(はりつけ)にかけられに赴くがよい。これすべて狂気に等しい盲目の愚行ではないのかい？

第十六歌　美しき衣服は悪徳の箱なり

　もう一つの大胆不遜な、救い難い愚鈍はたとえ飽いた心が逆っても、これを攻めたてる。しかも、それはこの上ない愚鈍であって、消えぬ染みにも等しい。

　実際あまりに仰々しく馬鹿げた連中までおり、口移しに広まり、民衆に指摘され、信望を得るためには、別荘やブドウ園や牛まで売って、紫衣を買ったり、花柄のマント〔クラミス〕を羽織ったり（男）、絹のオーヴァコートをなびかせたり（女）している。こんな衣服はいったい何のため？　こんな愚鈍はいったい何のためか？　その理由としては偽りの衣服の下に自然から送られた欠陥のある身体の隠れた病、化膿した傷を隠したかったり、欠陥に対し秘かな隠し場を見つけたりしたいからにほかならない。

　誰でも自分の欠陥や病気は入念に隠すものなのだ。だから彫刻家は木であれ大理石であれ、これを刻む際に生じた過誤をすばやく隠し、画家が顔を描く際に間違えば、すぐさま別の色でその誤りを隠すのだ。

　煙や煤〔すす〕や湿気で汚れた壁を、われわれは白く塗って、色で壁を隠そうとするものだ。

　君でも、ばかでなければときどき、上辺〔うわべ〕の上品さを恥じねばならぬ、その下に何かを隠していると思うのであれば。つまり、悪意、卑劣、傲慢、その他のあらゆる悪辣〔あくらつ〕さを欲しているのであれば、ね。テュロスの紫の衣服の下に煙〔見栄〕を隠す以上に、愚かな野心も、ばかなこともかつてなかったのだからね。

第一部

第十七歌　自分の美貌を信ずる者の欺瞞

　また時の歯の下に消滅すべきはずなのに、こんな私の詩句に犯すべからざる無精を委ねて私の耳をつんざく者もいる。こんなことを記すべきか黙すべきか？　語るとしよう。その者はどうやらひどく自惚れており、自らを買いかぶっているものだから、作法でも優雅さでも要望でも朗々たる話し方でもみんなを凌駕していると確信し、太陽（フォイボス）の目からすべての威厳を盗み取り、美貌において森の精たちに勝っていると確信しているのだ。

　偶然、美少女が近づけば、すぐさま髪や外衣を整え、歩行や目つきや手つきを優雅にしようと試みる。もし彼女がじっと見つめたり、無遠慮に物憂げに軽く微笑みかけるのであれば、そのときはもう見つめ合う振りはしないで、有頂天になり、自分が優しいものと納得してしまう。

　愚か者は（恋の成就者の）夢を達成し、実現したものと、なんと誤って錯覚することか。でも、さもありなん、と認めたいところだ。美男ヒュラスやニレウスだったなら、このアドニスの生まれ変わりに三美神（カリテスたち）の魅力が授けられ、ヴィーナスのすべての美しさがあふれ出て、この女神がその美を失うほどになるとしたら？　どうか言っておくれ、愚か者よ、こうしたことはいったいどうなるというのか？　美貌がいかにはかなくてつかのまであるか分からぬのかい？　青春の小花が影みたいに、いかにすばやく過ぎ去るかを。太陽にいかに早く焼かれるか、凍る霜にしおれるかを。生まれるや否や、ごく軽い一吹きの風でくじかれるかを。我を張る必要があろうか？　こんな花盛りの年がいかに唐突にすばやく逃げ去るかは、誰にも明らかじゃないか？　美貌ほど偽りの栄光も、はか

ない恵みもないのだ。素敵な美しい花盛りに輝いても、すぐに青年の驚きのまなざしの下で、はかなくさっとかき消えるのだ。ほら、顔に皺が寄り、髪は白くなり、巻き毛は落ち、金髪は輝きを失い、歯は黄ばみ、耳は鈍くなる。唇にも、頬にも、鼻にも、顔にも、澄んだ額にも、たるんだ蒼白さが広がる。目の輝きはくすんだ膜に奪われる。背は曲がる。嗚呼！　隠れていた死がわれらの知らぬ間に、われらの運命に嫉妬して、攻囲をしかけ、われらの頭上にのしかかるのだ。そして死のことを何も考えさせずとも、死は薄暗く黙してわれらの肩にとまっている。いまだ遠くにいるようでいても、門を叩き、押し入り、汝が飲み食いしたり眠ったり遊んだりしているかどうかを眺めることもなく、汝を突き刺すのだ。この冷酷にして仮借なき恐怖の女神は。

　汝の美しき青春が灰や埃の雲となるごとく、老年もかくなろう。老年とても新たな喜劇となろう。生きるにせよ死ぬにせよ、汝は愚行の目録から逃げられまい。

第十八歌　廷臣どものばかさ加減

　トロフィーや歴史・文学にも値するような新種の痴愚が存在する。それはあまりに信じ込まれ根づいているから、それを引き抜けるような力はもう存在しない。

　愛する祖国や家族を逃がれて、王の高い宮殿や、広々とした住居の中をはいずり、権勢者らの犯すべからざる屋根のもと、声望に吹かれて慢心している連中のことだ。紫衣を着用し、輝かしい栄華に伴われて闊歩し、至福な世馴れした紳士と信じられているが、発散している臭いは台所の脂から漂ってくるものだ。おお、愚か者よ、正気を失した者よ、こんな汝の欲望にどれほど欺かれていることか！

　あさましくも、生の痛苦を汝にばらすべきか、黙すべきか？

　こんなことを思い出していかに肝をつぶそうとも、誰も無神経なひどい馬鹿ではおれまいから、あれこれの苦情や苦しみの記憶に引き回されて、涙を流さずにはいまい。でも少しばかり言わずにはおれない、大罪や聞くも涙の過ちについて言うべきことの極小部分は。人びとは軽薄にして、短見であり、鈍感、無思慮だから、自ら囚人となり、すべての権利を放棄し、自由を捨て、絞首索に首を差し出し、くびきや辛い鎖にすすんで身を曝し、ほとんど死にも等しき過酷な隷従や絶えざる刑罰を我慢しては耐えることを学ぶのだ。主人の眠りだけに僅かの休息を抑え、主君の胃袋や飢え次第で夕食を引き延ばし、自らの習慣を投げ出し、他人のそれを採り入れ、ゆっくりと変身し、意志に反してでも、好き嫌いを問わずいつでも拒み、主人の歌を歌い、主人の笑いを笑い、主人の涙に泣き、いつも主人の顔をまねている。主人が拒めば、全力で拒む。も

し主人があることを、たとえ間違っていても、認めれば、たちどころに賛成する。主人が排泄したり、げっぷしたり、その他恥ずべきことをすれば、いつでも賛成し、称え、笑い、承認する。おお、不幸なちんぴらよ、脳味噌なきイワヒバリよ、汝が汝自身の主人にして自由だというのなら、どうして愚かにも安価、いやむしろただで身売りし、汝の威厳を踏みにじって、市場の動物みたいに主人の飼葉桶に繋がれたりするのか？　汝の胃袋を満たしたり、汝の飢えた腹を癒したりするためにそんなことを為したのか？

　汝は権威家たち、有名人たちの近くで大食、贅沢な食事を見つけたとでも思うのか？　汝がこんな広間や居所に入ると、出来するのはこういう窮地なのだ。そんな所には汚物が充満し、犬の糞がぷんぷんしている。玄関の間は油だらけ、扉も敷居も側柱も床も三脚台も戸棚も手箱も肘掛け椅子も油で汚れ、皿もコップもナプキンもテーブルもすべて油まみれだ。犬でさえ舐める際には、しばしば見かけるように、そこから何かを投げ捨てるみたいに嚙みつくではないか。ひどい悪臭、べたつく臭いがして、鼻をつく臭いはあまりに不快なため、吐き気で胃がそり返る。銅鑼に呼ばれて食卓に座ると、四方八方から急きたてられて、汝に迫る者が給仕したり、コップを差し出したり、ラレタ〔スペインのタラゴナ地方の〕人の滓や軽いワインや酸っぱいサクランボや、刺すようなワイン・ヴィネガーとか、厳しい日ざしで牛飼いをも退けるものを汝に注いでくれても、はねつけざるを得まい。それから差し出されるのは、かび臭いパン、船乗りのパン、歯や顎骨を試す最低の質の麩のパンだ。それから運ばれてくる肉は、泡だらけで、水牛や山羊の脂、ラードや、去勢羊の肉だ。これほど固くてなかなか切れぬ肉があり得ようぞ？　剣もやっと貫通できる所へ歯がどうやって入り込めるのか？　それからフルコース、スープ、ポレンタが続く。昨日二度炊きしたキャベツが出ることは論外だ。クリスマスと

か"婚礼"とか謝肉祭とか一家の祝日がきても何にもならぬ。牛肉はいつも不足することはあるまいし、豚肉だっていつも準備されることであろう。

　教会の掟に従い、断食しなければならないときは、イワシ、総年齢期のマグロ、小麦、ニンニク、タマネギ、ヒヨコマメ、レタス、カボチャ、根っこ、カブ、ソラマメ、キビ、灰色のインゲンマメが出てくる。

　だが復活祭になるや、またも牛肉となる。そして脅迫の歯が闘いに挑む間、舌は黙し、顎は震え、両手は肉でいっぱいになり、猛烈な飢えの印象を与える。汝の食事は禿鷹か犬みたいで、むしろキプロス島の牛の飼葉がましと憧れるだろう。

　何たる恐ろしき生き方よ！　地獄からも同情を呼ぶとは！　厳しく苛酷にして不吉極まる運命よ！　おお、生命よ！　むしろ死よりも怖い狂気よ！　不幸せで、煩わしく、卑しく、困難で、みじめで、苦しくて耐えがたき生よ！　注意したまえ、妬みはぺてんと無数の危険を生むのだ。汝は押しつぶされ、急(せ)き立てられて、そんなものの奴隷になってしまっているのだぞ。

　汝が退屈、不快、被害、疲労を蒙ったとき、汝が益もなくそんなにすべての時間を失い、汝の忠実な奉仕から望んだ賞与を期待したときにも、主人は勝手に処分するものみたいに、汝を飼葉桶から追っ払うだろうし、汝は（シリアの山羊みたいに）飼葉桶をひっくり返すか、ひどい扱いをされて、進んで解雇を乞わざるを得なくなろう。

　こんな欲ばりに、不毛で虚しく、偽りの、当てにならぬ、空の、はかなくて酷い希望を賭けてきたのだ。このとおり、汝は哀れにも取り乱し、絶望して、愚者たちの話、すべての愚者の筆頭、支え、始まり(アルファ)となろう。

痴愚神の勝利　第二部

序　歌

　これまで扱ったのは、変わりやすい青春の見慣れた狂気だ。今度はより大きな痴愚、つまり悲惨な憤りを生じさせ、人びとを滅ぼし、成年の遺産でもあるものを詠むとしよう。この年代はより賢く熟練しているはずなのに、逆により馬鹿げていることは、まるで盲目の狂気に巻き込まれたかのごとくだ。

　大人になるとより大きいものを探し求め、より重大なものを追い回す。こんなことは危険や空虚な労苦だらけだし、馬鹿げているし、虚しい徒労の果てに到達できるだけだ。

　理由も知らずに愚かにも、権力、役職、要職、軍務、物の起源や本性、文法、修辞法、詩、医術、法律を探し求める。何事をも一つひとつ値踏みしたり、人びとには許されざることなのに、未来を明確にしようとしたり、さらに愚かなことに、自然を破壊したり、地獄の影を自らの才能で折伏したりしようとまで試みる。

　神とは何かを研究し、愚かにも空中をさまよい、知るのをすっかり拒まれていることを疑いながらも詮索している。さらに聖なる宝物や聖職を探し求めている。こんなことは汝が知らぬとも、虚しい倦怠、恐怖、苦痛、責め苦や死をもたらすだろうし、許されるなら、その理由をお示ししよう。

第一歌　王や頭となるのは愚の骨頂

　意に反しながらも私に書くよう急(せ)き立てる第一のこと、それは英雄たちや、尊ぶべき権力の権化、王たちの集会だ。
　この種の人びとに半オンスの健全な脳味噌があれば、地上に彼らほど深刻で悲惨な生活はないことが分かるだろう。王の成すべきことや、いかに深刻で面倒なことに頭を下げねばならぬかを真剣に考えるとしたら、王のそれより悪い生活はない。誰でも権力に釘づけされると、人民の支配を司り、訴訟の指揮をし、自分のではなく、民の利害を受け入れ、公の善が不安を免れているかどうかとよく考えるものだ。公共の善に献身する者は、自分の願いをすっかり忘れて、公共の願いを実現しなくてはならない。正義の限度をほんの僅かでも超えぬよう、いつも留意しなくてはならぬ。目方をごまかしてはならず、躊躇(ためら)ってはならず、法の規範に則して行動し、誤る者を罰さねばならぬ。だが何たることか！　かかる図々しき狂気が、真の正義とは何かを見ることもしないはかなき人間をひどく盲目にしてしまっている。
　ところが、あさましい情念の奴隷どもはそれの命ずるものに従っているのだ。寝室(アルコーヴ)に囚われて、怠け者、歌い手、娼婦、同性愛者といった、愉快なこと、遊び、冗談をもたらす者しか受け入れず、しっかり用心して、心配なことがこの浮かれた密室に入り込まぬようにしている。豪奢な生活をしていないことは言わずもがなだ。彼らは素敵な夕食、けっこうな料理、豪華な昼食をし、高価な酒を次々に飲み、献酒は尽きることがない。甘い生活に囚われていて、公共の義務、政治、政府のことを考えることもできない。すべては天と神の意志まかせなのだ。君主の義務

を遂行すべきだったと思うのは、無数の奴隷の群れや馬どもの群れを食べさせたとき、犬どもの群れが宮殿を吠え声で充たしたとき、市民たちから搾り取ったり、自分らの金庫を富ます、罪なき血を巻き上げたりするための新方式を見つけたときなのだ。

　だからこそ誰にもまして、飽くことなき黄金欲や貪欲は王たちや統治者たちに大きな害をもたらすのだ。かかる貪欲は飲めば飲むほどに渇きが増大するものなのだ。

　そして君主は王国の境を拡大しようと渇望する間、その心は燃え上がり、いつもこの夢に憧れる。万人に闘いを布告し、万人にそれを及ぼし、近隣の人びとから王国をもぎ取り、常に前進して、どこで立ち止まることができるかはもう分からなくなる。

　テジョ川を流れるすべての土地、つまり、ベッシ族〔トラキアの一種族〕、アラブ人、アストゥリア人、インド人が掘り返せるもの、パクトルス川〔リディアの川。黄金の砂を流していたという〕が砂金でもたらすものを全部せしめても、あるいはその権力が大熊座を屈服させようとも、曙光（アウローラ）、カディスの主（あるじ）となろうとも、はては、タプロバネ〔スリランカ〕、ヌミディア、熱帯にも勝利し、屈服させたとしても、はたまた対蹠地（たいせきち）や、有るとしてだが、南半球にも侵入し勝利したとしても。こういう権力は黄泉（よみ）の国の主から蒼白い渇きを追い払うし、あるいは天をも御しがたく鎖につなぐ。たとえおのおのの神が満場一致で権力に屈して王座を明け渡そうとも。たとえ権力がそれを完全掌握し、すべての渇望を満たそうとも。その後でさらにそれ以上を欲するだろうし、決して満足はしまい。されば一切は虚しく、精神錯乱は考慮されるまでもなかろう。

第二歌　軍務は不毛な労苦だ

　ここにはもう一つの醜い痴愚、ほかのすべてより大きい狂気、無類の非常識があふれている。それは男たちをあまりにも魅了し、あまりにも有望なために、物おじせずに、苛烈な軍務の骨折りに向かわせたり、軍神の興奮に習熟したり、両手を汚したり、無辜(むこ)の血で剣を汚したり、生命を僅かな金子のために売り払ったりさせている。

　聴くがよい、かかる大胆不敵さで戦闘に立ち向かう汝よ。軍務に就く者の第一の罪、それは家、母、子息、妻、友だちを見棄てねばならぬことだ。汝が歩兵、騎兵、酒保商人、兵卒であれ、将校、全軍の最高指揮官であれ、どんな平安や休息を味わえるというのか？　常に軍隊の中におり、辛苦と危険のはざまで、宙吊りにならねばならないというのに。常に死と格闘し、汝の心も脳味噌も憔悴せざるを得ないのに。あるいは山の上、あるいは平原で、あるいは谷間に隠れ、あるいは川に沿い、あるいはティレニア海とかシチリアの波を息せき切って渡り、あるいは嵐のアドリア海の戦闘に馳せ参じたり、イストリア半島にいたり、アンテノルのティマヴゥス川を徒渉したりせねばなるまい。いつも汝の本拠を変えたり一新したりせねばならぬ。あるいはガルダ湖やポー川の注ぐ所にいたり、あるいはサピス川を巡航したり、豊穣なリミニの農地を耕したり、あるいはピチェノの断崖とかモンテフェルトロの断崖にいたりする。避難所を造っても、すぐに火事に遭うことになる。あるいは安全な場所に野営したり、陣地を引き払ったり、防柵や、橋や、溝や、土手を造ったり、あるいは馬の世話をしたり、あるいは手荷物を整えたり、あるいは手配したり、厳しい夜に見張りに立ったり、水や小麦を確保する

ため巡視隊を組織したり、敵から糧食を分捕ったり、点検したり、あるいは援軍を派遣したり、救援を求めたりしなくてはなるまい。

　あるいは、命令に従って、急を要する所へ軍隊なり、側面部隊なり、中隊なりをさし向ける必要が生じる。あるいは、壁の攻撃に始動したり、攻囲に出動したり、あるいは攻囲されるかも知れぬ。あるいは敵を待ち伏せしたり、海であれ陸であれ戦うことになろう。あるいは突撃ラッパが、居眠りしている者をびくつかせたり、臆病者には旗を見捨てさせ、隠れ場を見つけるよう仕向けるだろう。その間にも火器は硫黄の砲丸を吐き出すのだ。爆発、爆音、混乱は数知れずだ！　こちらでは攻撃し、あちらでは攻撃され、一方からは敵が逃亡し、他方からは敵が迫ってくる。汝は負傷したり、傷を負わせたりだ。ほぼ決まって夜には汝が少し休息していると、武器の騒音、鬨(とき)の声が湧き上がる。「武器を取れ！　武器を取れ！　武器を取れ！」汝は頑張り、抵抗し、殴り、追い払い、攻撃し、立ち向かい、立ち去り、はねつけ、用心しながら突進し、走り、切り刻み、引き裂く。さあ急げ、疾走だ。おお、神よ！　ここには何といろんな武器が雑多な音を発散させることか！　何たる爆発が空中に起こることよ！　何たる残虐行為！　何たる流血よ！　悲痛の極み！　いずこも惨事が荒れ狂っている。戦闘の行方は不明、運命は気まぐれだ。勝っても負けても茫然と狂ったように、神を呪い、神殿を冒瀆する。さもなくば、高慢にももはや神も悪魔も信じない。さて、こうしたことはみな、死、喜劇、ゲーム、迷惑、心配、苦労、騙し、虚しい栄光でなくして何なのか？

第三歌　哲学者の喜劇

　学者で一番の地位を自認し、したがって自分だけが賢者の名を要求している連中がいる。こういう人種は鈍く、気難しく、悲惨で、いつも孤独で、ぼんやりしており、黙って長考し、顔と目はいつもうつむき、額は曲がり、ガウンや衣服は汚れており、立派なひげを蓄(たくわ)えている。自分だけが物知りだと錯覚し、自分だけが神の神秘を知っており、頭で天に触れられると思っている——ほかの人びとは狂った影みたいに地面すれすれに飛んでいるというのに。

　無数の世界をあえて想像し、太陽、月、星屑、その他の世界を籠中にしているらしいとは、何と気の毒な精神錯乱者どもよ！　彼らは雨や雷鳴や稲光や風や、原料やイデアや形相や一連の原因や欠如が何に由来しているのかを知っているし、習慣が何か、行為が何を解決するか、力が何かまでも知っている。共通感覚や幻影や心像や記憶や判断力が何かということまでも知っている。能動知性が何か、可能知性が何か、実践知性や思弁知性が何かを知っている。動因の偶有形相があるかどうか、誰が天体の動きや世界を支配しているのか、それともそれは運命、宿命、偶然、幸運、または神なのかどうかを知っている。彼らはこういうこと全体に答えられるものとの自惚れの極みから、まるで聖き善意が地上で彼らに強いたかのようだ——人びとが愚かさから解けないようにするために、ただ無限の知恵だけしかこういう手段で対処できはしないのだ、と。しかし彼らが秘められた意味や物事の起源を一つずつ解き明かそうとする間にも、神や自然の大爆笑が後から湧き上がるのだ。だから、高らかに賢者を自認し誇張する者たちは、地上の冗談、天上の茶番なのだ。

第四歌　弁証家の空疎なさえずり

　弁証術が狡猾にも汝を呼び止め、汝をもっともらしい議論が楽しませるとしても、それはこんな偽の術、甘いアリゲーターを好む者を引き回しているのだ。汝の博学な詭弁は錯覚を起こさせるだけなのだ——愚かな感覚を。言葉の陰険かつ飾り立てた巧妙さが茫然とした人びとを誘惑し、漆黒の闇に巻き込むのだ。鋭敏な知性を尖(とが)らせたまえ。巧妙な舌に曖昧模糊に真を偽として、偽を真として示させよ。だが、汝がこうしたキメラを準備しながらも、主語、繋辞、動詞、性、態、種、距離、語形変化、固有名詞、全体、判明なもの、部分、曖昧なもの、一義的なもの、実体、名辞、語彙、場所、位置、衣服、情念、行為、前件と後件、推論、仮定が何かを、探し求めたまえ。小前提がよく否定されねばならぬように、逆に大前提もよく否定されねばならない。ほら、汝もまたしても否定したことを肯定しているではないか。そしてよくあるように、ラテン語は論理を知らぬものだから、「Barbara, Baroco, Baralipton, Fapesmo, Frisesomorum」〔スコラ哲学の三段論法〕といった、悪臭を放ちシラミだらけの語法違反が集まるのだ。

　そして相手が長々と、声高に、乱暴に口論した後では、銘々が結論を得ずに、腹立ちまぎれに、ただ俗衆の賛成だけに満足して、自らの立場に落ち着くのだ。

　おお、神よ、人間の頭はどれほどの狂気を振り回し、心は生きることをいかに知らぬことか！

　汝は俗衆に賛美されつつ作り話を語りながら、ひとつの作り話と化すだろうし、汝の弁証術は冗談となることだろう。

第五歌　厄介で、不毛かつ空疎な文法

　汝が誰であれ、若者たちの鈍い心、魂、感情、習慣に、教育をもってたゆまぬ強さを与えて、こうした無骨で無学な連中をきちんとさせるべき、教育の恐るべき課題と義務を引き受けるほどに狂って愚かであっても、汝が引き受ける重みのことを考えたまえ。げんにこの卑しい労苦に立ち向かうには、とりわけ声が必要なのだ。汝は読み、再読し、さまざまな主題を口述し、口述した事柄の教育に幾度も立ち返らねばならない。いつも変わらぬ意地悪な生徒がいて、いつも同じことを汝に尋ねて汝を啞然とさせる。軽率さは汝を道化師にするし、逆に厳格だと汝を大カトーにする。

　ときにはシモー、あるいはビリア、あるいはダウス〔ローマ喜劇の作中人物たち〕の役をなさねばならぬ。パラスとかアモルとか、ときには生徒の一団に押し込まれた汝が、私には鳥群のフクロウに見える。一方を教え、他方を叱る。一方を打ち、他方の横っ面を張ったり、鞭打ったりする。地獄の騒音に耳をつんざかれ、困憊し、狂って、埃にまみれて、絶えざる遊びに生きる。さらに付言すれば、水車小屋の粉屋か、籠の中の魚みたいだ。汝より不幸な動物はいない。これ以上の気苦労はないし、これ以上に残酷な運命はない。げんに学びながら、目を書物に向けた後でも、愚かな汝は、動詞的中性名詞(ゲルンディウム)が名詞か、動詞か、絹か、羊毛かをいまだ知らない。しかしあれこれの苦労を味わううちに、汝は生徒がおしっこやうんこを垂れるのを（これは失礼！）、許すことはできよう。

　もしこういう痴愚が汝に満足をもたらさずに、口や頭を和らげて汝の心が鎮まるとしたら、すでに汝は死んでしまっていることだろう。

これはもしや徒労では？　これは狂気の烙印ではあるまいか？

第六歌　雄弁家の饒舌なおしゃべり

　これ（文法）に近い種類が一つある。美しい言葉の商人たちを一手に引き受けている修辞学だ。この研究に従事する者は、たった一つのことに思いを寄せている。それは人びとの意志を魅惑的な言葉で思いのまま従わせたり、当初欲していたことを彼らに拒否させるよう心を入れ替えさせて、彼らを当初とはすっかり別人にさせてしまったりするということなのだ。

　一義的な〔文法上の〕性、さまざまな文彩図式、文脈、構想、適切な前置き、品詞、相、性質、荘厳で説得力のある態度、身動き、身振り、人を引きつける導入、声、音、話術。心を誘導したり、気に入らせたり、人の顔、表情、感情さえ変えたりさせたりさせる強くて辛辣な言葉。これらがすべて存在することは認める。

　また雄弁家が冗談を言ったり、魅了したり、唆したり、急き立てたり、涙を催させたり、怒らせたり、悲嘆を笑いに、また笑いを悲嘆に変えたり、誇張したり、縮小させたり、拡大させたり、人に疑惑を抱かせたり、それを一掃したり、気をもませたりすることは認める。

　でも、私はこうも確信している——死の矢が突き刺さらないように和らげるとか、永遠の沈黙に対抗して、才能に感嘆している民衆をしばしば従わせてきた口を黙らせないようにしたりできるほどに、美しくて強力な話術はかつてなかったし、それほどに甘く華麗な言葉は存在しないだろうことを。

　されば、汝がシロップみたいな手本や美しい言い方を模倣した後では、不毛な戯れや虚しい作り話が汝の背後に迫っていることだろう。

第七歌　詩という作り話

　汝がミューズの歌や気高い詩に取り憑かれたなら、抵抗し、耐えて、災難、寒さや冷たさに立ち向かう覚悟をしたまえ。不眠の夜を過ごしたり、渇きや飢えや辛苦にも耐える覚悟をしたまえ。汝が紙にたわいない作文とか、学者の称賛や厳しい批評から認められた頌詩を書き記したにせよ、不朽の名を得ようと切望するのなら——そういう想いを抱くと、汝は心の奥に数知れぬ苦しみ、数知れぬ激情をもたらすことだろう。（そうなると、もう平静は保てない。）汝の取り去ったものを付加し、変更し、除去し、またも付加し、汝の繰り返したものを読み、繰り返し、またも除去したりすることになる。煙る炉の中で鞴(ふいご)に絶えず吹きつけられて、汝は素材を発光させ、槌(つち)でそれを叩き、造形し、鉄床(かなどこ)でそれを丸くすることになる。

　作品が日の目を見ないからとて、その巣を見棄てて、幾年にもわたり彫琢することもなく、いつも変更の繰り返しだ。だから、汝が心の紆余曲折のうちに言葉を釣り上げようとしても、生じてくるのは限りなき不安、苦しみ、骨折りだけだ。

　だが、仮に歌でミューズに、話術でメルクリウスに、優美さで三美神(カリテス)とパラスに勝利したとしても、仮に幸せな豊饒な言葉が汝の書き物に満ち満ちて、下等・中庸・崇高を問わずいくたの文彩(あや)で汝の文体を富ませようとも、はたまた汝の言葉がどこにでも飛びかい、新しいイメージで開花しようとも、こんなものがいったい何の役に立つのか？　詩が作り話に過ぎず、歌も、詩人の汝も、作り話に過ぎぬ以上は。

第八歌　医術は根拠なき骨折りだ

　神と万象の創始者なる自然はやつれた体からどんな病気も一掃し、健康を回復させうる聖なる術を創った。

　汝がこの術を気に入れば、それを愛するがよい。それは洗練された素質にふさわしく、人の力が知りうるすべてのことを知っている。

　医術が隠しているすべてのことが汝に暴露されれば、汝は自然の秘密と事物の真価を知るだろう。

　汝がヒポクラテスになりマカオン〔医神のむすこ〕以上になれば、ケイロンやアエスクラピウスが知ったすべての薬草、聖きアポロンが知ったことを知るだろう。世の救済となり、死者を蘇らせる力を持ち、この医術で名声や富や不朽の名前をあつめるがよい。だが甘さと苦さは同じ源を有しているし、僅かな快楽には長い一連の辛苦が混じっているのだから、知るがよい――汝は無敵の不如意や無数の骨折りに立ち向かわねばならぬのだ。いつも書物を手にし、いつも研究し、どういう薬が病人を悪化させ、どういう薬が良くするかを知らねばならぬのだ。

　汝が食事中や、上等のグラスを傾けたり、ちょっと昼寝をしたり、うっとり休息していると、医者を探して汝の扉をノックされる。「早く用意して、すぐ来てください。病人が衰弱して、ベッドの上でもがき、死にかけています」。

　こうして昼夜を問わず走り回り、脈を取ったり、おまるのにおいを嗅いだりしなくてはならぬ。すぐに解毒剤、丸薬、くすりを用意したり、蒸し風呂、湿布、軟膏、緩和剤、タンポン、膏薬、冷やすためのおろし、魔除け、薬用ドロップを整えねばならぬ。

あるいは肺結核だったり、あるいは炎症だったり、知覚麻痺だったり、痙攣だったり、膿疱（のうほう）、蜂窩織炎、丘疹、扁桃腺、黒星病、炭疽病、下痢、ヘルニア、失神、脱腸、嘔吐、鼻粘膜、膿痂疹（のうかしん）、熱病、扁桃周囲炎のこともある。

　そして医術の教えることをすべて施しても、病人が治らず、すぐ回復しなければ、庶民はざわめき、無礼にも陰口を叩いて叫ぶ、「医者だって重病にかかると、決まって蒼白くなりげっそりとなるのに、彼らのばかさ加減を信じるとは何という愚行か！　彼らの医術は彼ら本人にも他人にも役立たないのだから、こんな飲み物を信用すべきじゃないのだ。そんなものは役立つのは稀だし、死を内に秘めていることだってしばしばあるんだから」。

　さらに痛ましいことを付け加えると、汝はいつも不面目と疫病の間に生活し、苦しむ人びとを慰め、苦しみを軽減しなくてはならず、病人が狂っても、おかしみで顔をしかめたりすることは決してしてはならないのだ。

　さて、こんな骨折りや研究が虚しい作り話でなくて、何だというのか？

第九歌　弁護士たちと法学者たち

　ほかの職業はあまり騒音でうるさくないので、口を閉ざしておきたいところだ。でもしきりに勧められたのと、あまりに多くの絆(きずな)や期待で縛られているために、少々語らずには私は離れられなくなっている。
　善悪すべてにおいて運命に身を任せられる人がいるのだ。この饒舌で有毒な職業が活動するのは、決まって何かを混乱させて、そこから訴訟を起こさせるためだ。もし争いの理由がなければ、でっち上げ、ばらまき、攻撃させる。それは陰謀をたくらめるし、いつも新たな筋道を見いだすし、仲間を敵対させるし、両親を子息に対立させるし、友情の聖い絆をほどくし、兄弟を互いに武装させる。弁護士は助言を求めて門を叩く者に対して、金言を授けて、勝てる希望を心に抱かせるし、もし哀れな依頼人から奪うべき何かがあると勘づくや、微笑(ほほえ)みかけ、励まし、説得し、おだて、期待でふくらませ、幸せを感じさせる。訴訟で裁判に至れば、叫び声を上げ、歯をむき出し、どなり、書類の束をもって堂々と歩み、彼がねらいを定めるのは敵対側に罠を張り、両方の係争者から利益を引き出すために、正義を防衛したり（こんなのは稀だが）、憤慨した顔で不正や、信じやすい訴訟当事者——希望の星——を防衛しようと試み、そして宝庫を空にさせ、判決を下したり再審に持ち込んだりして、何か吸い取るものがあるかぎり、係争は止むことがない。
　されば法律や、強力なローマ法大系や、疑わしき本文を研究するがよい。徹夜して部厚い書類に目を通してからやっと、朝方には汝の依頼人から巻き上げたり、未亡人を騙したり、少年を家から追い出したりする術(すべ)を学べるだろう。利益の欲するままに、汝の不確かな道徳を向かわせ、

ほかの誰よりも素晴らしくて鋭い弁論を書き記し、家畜、酒、別荘、農園を買い、金貨の山を蓄積するがよい。でもこれらをすべて懸命に集めたとき、汝は何をなし終えたのかい？　これはひょっとして大いなる痴愚ではないのか？

第十歌　幾何学者の妄想

　いつも新しい数や寸法の図形を描いて一生を過ごしている者のうちには、こういう生来の愚かしさが見られるものだ。

　彼らの頭はこれほどまぬけで空疎なものだから、空の拠点を測定して、天の元老院の議場の大きさがどれくらいか、天の劇場の舞台がどれくらいか、太陽の馬が何頭か、月の菜園の幅がどれくらいか、ヴィーナスの菫(すみれ)の畑が、アドニスの庭からどれくらい離れているか、ユノの部屋がユピテルのそれからどれくらい離れているか、神々の庭、林、森が至福の地(エリュシオン)からどれくらい隔たっているか、を測りたがっている。おお、愚かな骨折りよ！　それならユピテルの口、目、鼻、耳がどれくらいの大きさなのかをも、なぜ知ろうとはしないのか？

　数・幾何学・数学を学ぶのは、言っておくれ、こんな愚かなことを知るためなのかい？　汝は否定して、私に主張する——汝は学んで何かましなことを探求するのだ、と。地表が地球の中心からどれくらい距たっているか、両極の距離がどれくらいか、地球を神から分ける軌道がどうなっているか、海がどれくらい広いか、星屑の軌道や動きがどうなっているか、地平線や星座や遊星がどれくらい広いのか、といったことを探求しようとしている。汝はただこういうあれこれの問題だけに夢中になって、興味があると主張している。ところで、汝が次のようなことをすべて知っていると仮定してみたい。垂線、半径、縦線、点、曲線、周辺、直径、幾何学図形、平行線、応用、プリズム、円筒、ピラミッド、斜方形、四角形、球、列、角、八面体、立方体、平面図、三角形とは何か？　汝が重さや寸法を知っていることは認めよう。四分の三（七分）、オンス、

六分儀、二四分の一、六％、ドラクマ、三分の一、八分の一、四分の一オンス、百アス、百ドラクマ、タレントを。立方体、六分の一の小杯、アンフォラ、二分の一杯(さかずき)、十二分の一の液体や金枡(ます)などを。一インチ、一掌尺、十二分の一インチ、六分の一フィート、腕尺、歩幅、十フィート、クリマ〔2平方メートル〕の測り方を。スタディオン、百年、ユゲルム〔約2500平方メートル〕、アクトゥス〔120フィートの長さと4フィートの幅〕の測り方を。

　汝が大地は凹凸か、平らか、球みたいに丸いか、ブリタニアに起きる日食がオリエントでも見られるか、オリエントの日食がアイルランドや太洋の端でも見られるかも、汝は知っていることを認めたい。

　熱帯の人びとには別の東があり、すべての星が見えるのか、夜が昼と同じなのか、二つの夏と二つの冬があるのかをも。

　なにせエジプトの島メロエの一日が短くて、西洋のほうがより長いのだから、南方の人びとは北の光を見られるのか、アルカディアの山地の住民は対蹠地の人びとを（居るとして）眺めているのかも。汝はこういうことをすべて知っていても、汝の生命の限界を知ることは決してあるまい。

　実際、死は汝に知られずにこっそりと、潜行しながら突如汝に知らしめて、新しい星座、新しい寸法、カロンの舟の大きさやハデスの王国がステュクスの湿地にどれくらい延びているかを教えてくれるだろう。

　かくて汝は墓の住人・測量士となり、残るはただ作り話と煙のみだろう。

第十一歌　天文学は狂気の沙汰だ

　もし汝が天界の霊や、人事を分かっていて、これらを左右する星屑を知っているとか、天上の居所に分け入れるとうぬぼれているのなら、汝を二度馬鹿で気狂いと呼ぶ必要がある。いや、汝は二度どころか、千回も狂っている。なにせ汝は死すべき身でありながら、聖なる秘密に分け入ろうとするのだから。何故に汝は巨人みたいに、大胆、尊大で、愚かにも巨人みたいに天によじ上ろうとしたり、神の所有物を乱暴に剥ぎ取ろうとまでするのか？

　おお愚か者よ、愚の骨頂なる汝よ、言っておくれ、星屑が授けるものや奪い去るものを汝はどうやって学んだのだい？　不幸は何で幸運は何なのかを。もしや（学んだのかい）広漠たる空間へと天の階段を昇り、人間どもの運命を決すべきものにつき、星屑や太陽を当然説得する仕方を。それとも、星屑が汝に聖なる秘密を明かしに降った、と私は信ずるべきなのか？　なぜ汝は説き伏せたいのか――天文学者たちは聖き光に照らされて、天上の星の往来をずっと探ったり、未来に起きることを学んだりして、彼らの書物にこういう驚異を書き記すことができたのだ、と。私としてはむしろこう言いたいところだ――彼らは俗衆を騙すために酒気で鈍化し、尊大にも明らかに愚かな証拠を取り出してきたのだが、これもひとえに俗衆は未来を知っていると確信しており、こんな馬鹿げた信念や希望をひどく愚かにも信じている振りをしているから、この俗衆を騙すためなのだ、と。

　だが（いかに疑わしかろうとも）私は認めておきたい――この術は真なのだ、と。ただし汝が各人に星屑の留保することを予知したければ、

まず初めにいくたの労苦に直面せねばならぬ。星占いの星がどういうものか、どの星が優勢か、有利なのはどの状況か、おんどりのどの歌で予知するか、またどの星がぐずぐずしているか、運命、太陽、月はどういう影響をするのか、遊星の大きさはどれほどなのか、黄道、軌道、円環、周転円はいくつか、方位基点から等距離の地帯はどれか、惑星やその各部分はどう配置されているか、に努力しなくてはならぬ。測定し、数え上げ、集め、取り去る間、当惑し、不安だらけで熟考する間は、おお狂人よ、汝は間違い、憤慨しよう。そのときはテーブルも書き物もみな投げ捨てるがよい。そのときは新たに悩みと心配が生じよう。大いなる我慢に助けられなければ、汝はかつて犯した以上に大きな過ちを犯すであろう。

　だが、空には羊や牛やイルカやライオンや熊や兎やケンタウロスや犬や戦車の御者や、馬や蟹やサソリや蛇が蠢いていると主張するほど、より馬鹿げたことがあろうか？　まるでオリュンポスの神々は羊の群れや家畜の群れを所有するかのようだ。汝は天にロバのための場所をどうして見つけないのか？　山羊アマルティアの乳を搾ったり、フリュギアの羊毛を刈ったり、大熊座が牛飼座を噛んだかどうかを見たりするために、天文学者が天に昇るとき、光で挨拶するロバたち用の場所をも、汝はどうして見つけないのか？　おお、空っぽの頭よ、愚の極みの汝よ、神々の群れがこんなに大きな怪物を見て驚いたか、天で逃げ出したかどうかを、われわれに語りたまえ。

　もしも（ここ地上に居ながら）天上の秘密を詮索できると思うのなら、汝は狂人だ。こんな狂気は終わりなき笑いを掻き立てはしまいか？

第十二歌　錬金術はいかに虚しくて滑稽か

　錬金術の裏にはどんな狂気が潜んでいるか、そして金属を新たな種類に変え、こうして自然の普遍の法則を破壊しようとする人物がいかに馬鹿げているかを語ってみたい。この聖なる術を意味を成さぬ言葉で準備しながら、それはまず最初に、さまざまな物質、原因、成分のごた混ぜを用意して、ある物体を他のそれへと強いる。それから灼熱の塊りを蒸留させ、さまざまなやり方で無数の窯を用意する。それからごた混ぜを融かし、それを冷たくする。その過程を繰り返しつつ、鞴（ふいご）を動かしながら、とろ火または強火でまたも融かしにかかる。そのわけも知らずに、ある物を他の物と混ぜたり、洗浄したり、湿らせたり、純化したり、乾燥させたりする。そして焦がしたり、さらに焦がしたり、泡をすくったり、収縮させたり、拡大させたりする。作業は笑ったり、泣いたり、まどろんだり、速く進んだり、ゆるんだり、沸き立ったり、発煙したり、こぼれ出たり、膨張したりする。水が粉になったり、土が溶けたり、空気から火が生じたり、炎から空気が生じたりする。土が火になったり、火が土になったりする。それから再び土を軟らかくしたり、蘇らせたり、蘇らせながらそれを結合したり、石灰に変えたり、粉を一掃してから、錬金術師は作業を液化しにかかり、形を確かめる。こういう繰り返しで、物質は滅んだり、再生したりし、諸要素が熱で溶けて、冷えた後、唯一の物体を形成してから、その物質は受胎し、妊娠し、分娩し、月経を生じる。最後に、ここから精髄が取り出されて、ついに新たな性質が創出されるに至り、石が昇華されて、もはや石ではなくてほかのすべてのものより貴重なものとなるかに見えるようになると、錬金術師は幸せにも

黄金の山を夢みて、不確かな富を追いながら、財産を破滅へと追いやるのだ。

　ところが一方では、仲間を無視し、物の究極本質を発見して天に指で触れたものと信じているのだ。そして硫黄の悪臭を放ち、煤で黒くなりながら、いぶされた屋根や窯の間に生き、みんなに笑われたり、俗衆のうわさの種になったりしているのだ。ほら、灼熱の小びんが爆発したり、あるいは混ぜ物がうかつにも間違えた分量をよく融かさずにいて、できそこないを生じさせたりしているではないか。ここから、茫然自失、悲惨、混乱、絶望が発生する。見つかるのは、炭、硫黄、ガラスだけだ。それでも甘美な希望を抱いているものだから、むだ遣いされた金銭も不毛に終わった労苦も重荷とはならない。むしろ何か新奇なことが汝の頑固さを誘って、さらに汝を誤らせ、汝に逸脱行為が前以上の欺瞞を更新させるのだ。

　されば狂人よ、汝は否定されていることを望み、決して成就しないことをうまくやろうとして、別の途を試み、みじめな貯蓄を使い尽くすのだ。財産をすべて消費してから、汝はもはや新しい炉も、原料も、窯も、鞴も、蒸留器も買えなくなる。汝がすでに集めていたというよりも集めようと思っているものは、灰燼に帰してしまい、汝が鎖にかけたと思ったキュレニウス（メルクリウス）は翼をつけて飛び去ってしまったのだ。

　こんな汝の行動の仕方は妄想ではあるまいか？　こんな汝の骨折りは愚行と呼ばれはしないのか？

第十三歌　魔術の虚しさと愚かさ

　私は本書に悪魔を招き入れたくはなかった。ステュクスの名で詩を汚したり、私の少々尊大なミューズが不調法な連中を天に招いて、聖なるものと低俗なものをあまりに混ぜるのを毛嫌いしていたからだ。ところがここで魔術の大御所ゾロアスターが私を襲い、まずは私に頼み、次に私の筆も竪琴も壊して、冥界(ハデス)の神の憤怒を爆発させ、その毒歯で私の詩歌を引き裂くと脅迫している──もしも私が魔術につきものの痴愚を歌にしなければ。されば汝が望むのであれば、汝の悪意を満足させたまえ。そうすれば、われらに愚かな心の証を与えてくれようし、その序曲ともなろう。

　まずはノルチャ〔ウンブリア州の町〕の女予言者(シビュレ)の神殿にうかがうがよい。彼女が女神、避難所、指導者、伴侶、助手、愚者たちの助言者、大地、天、そして地球の深奥に潜むすべての黒き群れを笑わせる魔術師たちの痴愚を理解する唯一の者であるかのごとくにだ。

　だが、易者が書物や衣服を奉納した後は、地下に棲む悪霊とか、星屑、空気、水、大地の霊とか、恐ろしいステュクスの湿地の霊を呼び出す準備をしているにせよ、まずはもっとも影響を及ぼす星、時間を観察する必要がある。それから魔法の暗号、悪魔祓いの呪文、祭壇の生贄、月桂樹、若枝、聖き香料、蠟燭、火、剣、聖像、夜通し見守られるべき星形五角形〔魔よけ〕、紋章、刻印、無垢の衣、燻蒸、小枝、封印を用意しなくてはならない。さらにまた、月の確かな感応力の下で集めねばならぬ──ロドス、アンテドン、テッサリア、コルキス、凍ったファシス川の草、グラウコスが知った草や葉、魔女キルケや狂ったメデアが魔法の

つぶやきのうちに集めたものを。それから朝には太陽に向かい、衣を脱ぎ、頭を覆い、地面に屈して、偽の神々を崇めるのだ——古人が愚かにも崇めた神々を。そして震えながら祈り、忘我の冒瀆の歌をもって、フレゲトンの谷から復讐の女神(エウメニデス)や地獄落ちの群れ全体を呼び戻すのだ。そして一回目の呼びかけにも四回目の呼びかけにも答えなければ、またも汝はその歌を繰り返すことになる。これこそは汝の心が錯乱し、汝がひどく狂ってしまい、冥界の神々が汝の命令に従うと思うほどに信じやすくなっていることの明々白々たる証拠だ。だがおお、狂人よ、汝は何を錯乱しているのか？　悪魔は人に屈したりはせぬ。この力は神だけのものであり、すべては聖なる業なのだから。でも、天が悪魔たちへの力を汝に譲り、火や雷鳴や風や雨を汝に服従させた、と仮定しよう。汝の召還で女神ヘカテがすぐにやって来て、汝の権力に亡霊たちの力が屈し、汝の歌で死者たちが棺から再生し、天から星屑が落下し、川が水源に戻り、海が山の上に昇り、山が海に落下するとしよう。大理石を断崖からはじき出させ、森から樫の木を引き抜き、心をかき乱し、舌を黙らせ、動物たちや魚類や鳥類が進んで汝に従い、翼なしでも汝の好きな所へ静かに飛ぶとしよう。最後に汝の欲するものになり、汝の望みをすべて満たす力を持てたとしよう。それでどうだというのか？

　汝がよく召還した復讐の女神(フリアェ)たちに汝を手渡しに死神がやって来よう。そこで汝は痴愚の苦い責め苦を蒙り、その精算をすることであろう。これこそ愚の骨頂ではないのか？

第十四歌　聖なる言葉を見棄てて、学的問題に向かう
　　　　　聖なる弁士たちの喜劇

　神の聖なる秘密、天への道を探している汝、われわれに聖なる御心の思い —— 聖なる知恵の書物で説明されていること —— を解き明かさんとする汝、これら聖なる書物を愛する汝に、今私が促したいのは、汝が太陽と影との区別、真偽、美徳と悪徳、賞罰の隔たり、天へと導く善の道がどういうものかを、民に教えてくれるように、ということだ。
　汝が神殿の中で聖き種を、らっぱを、布教家を、聖き鐘をまき散らそうとするたびごとに、それらは鳴り物で信者たちを招き入れる。それから汝は説教壇に登るのだ。
　だが、汝の説教の対象が聖なる信仰、教義、キリストの真理、聖き霊感を受けた寄せ集めのページ、パウロの手紙に集められた説諭、天上の愛の熱き聖なる群れ（神父たち）が心の奥底に届くように述べた言葉であるはずなのに、そして、汝はこれだけを守り、これに注意し、これに没頭する —— つまり、人びとが天を仰ぎ、はかない賞よりも永遠の賞を好み、崇高ならしめる美徳を受け入れ、悪徳を逃がれ、永劫の死を恐れ、罪の罰を恐れ、天国の歓びと休息を欲するように、あらゆる手段で彼らの意欲をかき立てるべきなのに。それなのに、汝はそれを（聖き雄弁術に）無関係として無視し、特別な主張に対峙したり、天の秘密を新しい術で暴露したり、聴衆に受け入れられたりすることだけを狙っている。
　世界が永遠であるのか、誰によって創られたのか、永遠なるもの（神）は創造して滅びるのか、事物は瞬時に創造されたのか、間を置いて創造されたのか、物の原理は物質だったのか、形相だったのか、神の存在を

証明する可能性を否定する者は不敬と見なされるべきか、それともそういう証明は必要なのか、それは明白な真理なのか、神は存在しないとか、存在するのを止められるとかを認めることは可能なのか？　その者だけが主、父、万物の王なのか、三位一体は存在するのか、実体は単一なのか、この単一性の性質はどうなのか、形相はどうなのか、聖像はどうなのか。名が三つなのに、唯一の力、唯一の名誉、唯一の威厳、唯一の栄光と美徳が存在するのはなぜなのか？　神は何を用意し、行うのか、万物を軽蔑するのか、治めるのか、それとも事物保存の義務を第二の原因に委ねているのか？　神は出来事にときどき、または永遠に対処するのか？　神は至高善である以上、悪を許せるのか？　天、地、星は生きているのか？　心はすべての体にとって単数あるのか、複数あるのか？　魂の形はいくつあり、釣り合い、力はどうなっているのか？　魂は球なのか、釣り合っているのか、数、血、息なのか？　魂は宿命づけられている体より先に存在するのか、（体から）どこに入り、どこへ出るのか？　死後、その状態はよくなるのか、至福な座に赴くため、どうして体から離れることを欲しないのか？　世界と一緒に創られたそれは永遠なのか、それとも神はそれを創って世界に押し出し、それから体が滅びると、それを天に召還して、別の体に移住させるのか？

　あるいは聖母受胎について知らされてこなかった質問の山（喜劇の対象にはなり得ない）を提示するがよい。あるいは聖職者が茫然として祭壇で呼びかけるあの神は何なのかを論じるがよい。煉獄界の魂たちはどのように浄化されるのか、どのように代祷がささげられるのか、神が拒否するのはどの霊たちなのか、どの霊たちが神に運命づけられるのか、神が予見したことは変わりうるのか否か。永遠の神はわれわれが地獄に落ちることを知っているのに、われわれの意志が自由である以上、その破滅からわれわれがどこで救出されるのかを、汝は解決したがっている。

あるいはあれこれの大問題を扱う際に、信じられぬ証拠に訴えたり、途方もない無茶をもたらす証明を、雅歌や神権から引き出すがよい。アリストテレス、アヴェロエス、スコトゥス、プラトンに汝の論拠を据えたり、汝の夢を語ったりしながら、不注意な人びとの頭や無知な心に、あらゆる種類の疑念や多くの混乱を投げ込むがよい。それから落ち着きのない俗衆に、学者の素振りを示すために、弁論家や、歴史や、美文の詩句や法律を一字一句引用したり、天文学者の夢を引用するがよい。抒情的になったり、感傷的になったり、あるいは声域を変更したり、笑い話をでっち上げたり、悪に対して激しく非難したり、汗をかいたり、鋭く叫んだり、脅迫したりするがよい。汝の忠告や、少数者の善意や願いがなければ、天地は破滅するだろうし、汝がアトラスみたいに、天が破滅しないよう天を支え続けているのだ、という嘘を信じ込ませることだろう。

　それから至福の地(エリュシオン)や、ステュクスの洞窟や、エレボスの暗黒の蘭草の原や、悪者たちの罪をさも異教徒みたいに、タルタロスに長く住みつき、死者たちの影にそこへ戻ってくることを誓ったみたいに、見事に書き表わすがよい。

　無知な者どもにこういう不可思議で驚異なことをしゃべっていると、俗衆は汝のいう神を信じ、汝を讃え、敬うし、自分を福者と称し、汝にツグミや若鶏や兎の肉片を脂受け皿や楽しい夕食への贈り物として、おごってくれることだろう。そこで汝は両足、両手に口づけされたり、服を触れられたりしよう。そのとき汝は、おお、しぐさの力を信じ切った者よ、可愛子ちゃんになり、その尊大な頭に鶏冠(とさか)が生えるのだ。あまりにも高所に置かれて、汝は天界に昇り、そのふくれ上がった頭を最高の天に運び込み、しかも俗衆は動物みたいに地上をはって進むかのように見えるだろう。そのために汝は深刻な悲嘆を装い、俗衆の無知と盲目を

いたく嘆くことになる。とはいえ、汝をひどく苦しめるその魅力的な雄弁は、いかなる果実も生み出しはしないのだ。それどころか、汝は民にばかげたことだけを引き起こし、汝はばかげたことを摘み取るし、虚しい種子を汝が畑に投じたとしても、虚しい作り話が育つことだろう。

第十五歌　富、苦悩、骨折り、危険

　貪欲な爪と歯もて地獄から解き放たれた蒼白き人びとはこの小著のページを穢(けが)しにきており、むしろその不潔な接触ですべてを汚したり感染させている。彼らは莫大な富にあこがれ、富の獲得に血まなこになって、身も心も財産の探求に入れ上げている。略奪だけに熱中精励し、黄金の蓄積を夢見て、すべてを詮索し、いじめ、混ぜ合わせ、焦がし、集め、積み重ね、しょっちゅう貨幣をたたいて山に付け加えている。買ったり、売ったり、騙し取ったり、取り換えたり、せしめたり、借金を払ったり、破産を宣告したり、儲けを倍加したり、投下した資本を失ってこぼしたりしている。あるいは（資本の）利益を喜び、偽り、偽証し、すぐに署名し、債権を書き換える。家畜の群れ、羊群、権力、歩合、商取り引きを得れば得るほど、その借金はかさむ。あるときは計算早見表を調べたり、メモを記した帳簿を取り上げ、項目ごとに点検し、掛け算し、数え上げ、合計し、割り算し、引き算する。こうして、この不幸者は気が狂い、所有欲でさいなまれ、心の平安もなく、頭も心も休まらない。

　おお、天の卑しき敵なる族(やから)よ、意地悪で、生意気で、悲しくて、残忍で、人を惑わす、狂気の者よ、あくどい喜びを満たそうという熱望にゆがんだ、虚しい希望を生きるよすがとする者よ、汝に対しては運命も星屑も力を持たぬことを信じるがよい。難破も、波浪も、雷鳴も、風も、雨も、寒さも、海も、嵐も、武器すらも汝を威(おど)かしはしない。汝はなんでも詮索する。汝が知らない、または試みたことのないような国、地帯、都市は皆無だ。汝はガンジス河であれ、黒エチオピアの国にも赴き、あるいは西洋のアイルランドの岸にも立ち寄っている。さらに満足しない

で、ここから南方の雨に濡れた対蹠地に再出発し、そこから黄金を積んだ船で舞い戻り、この満ちることのない渦巻きを埋めようとしている。こうした莫大な財を獲得した後で、それがたいそう汝の気に入り、汝に微笑（ほほえ）みかけ、運命が汝と戯れ、おお、自惚れ者たちよ、ほかの詰め物でガスをため、富に酔いしれ、偽の光輝で目をくらまされ、友もなく、高慢になり、いくたのみじめなやり方で欺かれて、欲望を抑えられなくなり、五感やもろもろの欲求に度外れに身を任せるのだ。それから、愚か者よ、汝は神の掟に気づかずに、神に似ているものと思い込み、さらにはそれ以上とまで信じて、天や地獄を嘲笑い、貧乏人たちの衣服や、儲け物や、血を詰め込み、売春婦たちを黄金で覆い、ガニュメデスの愛や賭博の逆運で愚かにも身を滅ぼしている。無礼講であれ尊大な権力欲であれ、それが汝の体内に入り込み、身についた悪を破滅へと追いやるのだ。

　さればどの罪の根っこもお金だし、それがすべての凶行を生み、不幸しか生じさせない以上、悪徳を養う富を、なぜ蓄積したりするのか？　おお、不吉な黄金欲よ、不健全な貪欲よ、目標を棄てて、そんなに羽目を外しながら、どこへ向かうのかい？　消耗してどこに落ちるのかい、満腹してからどこで再生するのかい？　おお、虚しい希望よ、虚しい愛よ、虚しい骨折りよ！　汝が作り、愛し、考え、欲するすべてのことは、痴愚、気苦労、罰、苦痛でなくして何だというのかい？

第十六歌　土木技術への熱中の虚しさ

　何かを建てたいという底知れぬ欲望に常に燃えている、愚かこの上ない人種も存在する。石灰や、石膏や、砂や、セメントを用意したり、石や、パロス産白色大理石や、ラコーニア石や、輝緑岩(オファイト)やイリュリアの石切場からの大円柱を集めたり運んだりする。建築して、それから建てたものを破壊する。四角いものより丸いものが流行したり、逆に丸いもの以上に四角いものがはやったりする。扉、柱廊、間仕切り、窓、柱廊玄関、列拱回廊、隠し戸、敷居、鎧戸を絶えず変更する。階段、玄関、食堂、腰板を更新したり、舗床をさまざまな図像のモザイクで輝かせたりする。狂い絶望して、飢えを満たせなくなるときまで、こんな出費にとどめを刺せる手段もない。もう屋根も家もなく、住むべき避難所もなくなり、ついにはみんなが土木技術の頼みにブーイングで応え、みんなの笑い話の種と相成る。

第十七歌　聖職者たちの誓いは虚しい

　ところで私の詩句は、私も所属している、同じ階級をとばすことで、後から苦しませるような急所に触れずにすむようにしている。でもわが意に反し、不承不承ながら、神聖にして、清く尊ぶべき聖職者の群れは俗衆がこれについて語っていることに言及するよう、私にけしかけているのだ。私を赦すことや、このことで私を罰したりはしないことを、約束までしながらだ。

　尊き聖職者たちの群れよ、それほどに私に欲しかつ命じるからには、聖職には不都合な些事をも遺憾ながら（どうか不快に思わないでください）語るとしよう。

　あなた方は地の塩であるし、他人にとり立派な手本になる義務があるのだから、遺憾ながらも私はあなた方を非難しなくてはならない——あなた方に良いところは皆無だし、あなた方の習慣には聖務を除き、美徳や真摯の痕跡が現われてはいないことを。それを正確にまたは不明瞭に芝居したり、ぶつぶつ唱えたりする者はいるのだが。（もちろん、淫蕩に燃えている連中は除いているし、清廉な生活や真摯な敬虔こそが人びとを至福にするのだ。）

　あなたたちのうちにどういう憎悪、嫉妬、矢が隠されているのかを、私は見たことはかつてないのだが！　あなたたちは剣で襲撃したりはせず、雄羊みたいに、見せかけの友人の名声を二枚舌で露出させるのだ。顔つきはにこにこ、甘言を弄しているが、心の奥底には毒を隠している。どんな子供でも大人を非難するし、大人がどの子供でも非難することだってある。

ある者はスポイトで十分の一税を受け取るとか、お金が十分な利子を生まないとか、実りやほかの産物があまり利益を生まぬから、と嘆いている。逆にほかの者は民の人気を期待して、野心に苦しんでいる。激情に苦しむ者、狂った所有欲に苦しむ者、飽きぬ食欲に苦しむ者がいる。子供たちや娼婦たちに滅ぼされる者、（さいころ）遊びの疑わしい不運にやられる者がいる。名誉や栄光を望む者、緑色の帽子を欲しがる者、枢機卿の頭(かしら)になりたがる者、法王の三重冠を夢見る者がいる。彼らの心がかりは、民の魂でも神の教会でもなくて、畑の収益なのだ。
　こうして哀れなことに、彼らはいつも悩み、心配しており、いつも心は無数の嵐で揺さぶられており、こうした情念の沸騰から平静は逃げ去るのだ。
　大食漢というものは、渇望すればするほど、ますます愚かになるものだし、それだけ大きな笑い話の種ともなるのだ。

第十八歌　修道士たちの情念がいかに虚しいことか

　さらに修道院回廊からは修道服を着た修道士たち、神への信心深き人たちが、うやうやしい顔つきで出てきて、両手を合わせ、私を呼び止め、黙って通過しないように、と声をひそめて私に頼んだ。あまりにしつこいので、彼らを満足させたくなった。ただし、神から聖火を心に燃やされている人たちは別だ。彼らははかない財を軽んじ、害悪から浄化されて、ここ地上で天上の生活を送ろうと努めているのだから。このおしゃべり小冊子がさまざまな色を用いて、簡潔に描こうとしているのは、こんな人たちだ。つまり、彼らには醜悪さ以外に何もなく、彼ら以上に歪み、あやふやでころころ変わるものは皆無なことを、この小冊子で浮き彫りさせたいのだ。
　ある者は黒服、他の者は逆に白服をまとっている。ある者は灰色の服、他の者はアンダルシアの肩衣(パリウム)を着用している。ある者は裸足のまま、他の者は底高の靴を履いている。あるものはぼろ靴を、他の者は木靴を履き、あるものは肉を控え、他の者は豪華な食事を貪っている。あるものは水を飲み、他の者は高価な酒を飲んでいる。あるものは断食で体を苦しめ、他の者は肥満になり、腹をあらゆる種類の魚でいっぱいにしている。ある者はソクラテスの慣行に従い、他の者はエピクロスの慣行に従っている。あるものは犬儒学徒の饒舌を用い、他の者はピュタゴラスの沈黙を守っている。あるものは異端の嫌疑をかけられており、他の者はユダヤ教徒の感情を備えている。ある者はマホメット教徒であり、他の者は割礼を行っている。あるものは神々を否定しており、他の者は三位一体を否定している。

おお神よ、誰かが彼らの修道院に入るならば、どれほどの苦悩、度外れ、欺瞞に出くわすことだろう！　どれほどの不幸、心の病、ひどい犯罪がそこには巣くっていることか！　反抗、欺瞞、闘争、むごい対抗意識がこれら不幸者たちを苦しめた挙げ句、狂気にかられて、彼らは極悪非道を誓い、神の掟に反する陰謀者になっている、と人に信じ込ませるまでに立ち至っているのだ。ある者は嫉妬で途方もなく蝕まれている。他人がより博学だとか、大小の修道院長、監視員、修道会長とか、とにかく目上である、との理由からだ。ある者は憔悴しているが、それも他人が過度の料理をむさぼり、贅沢な正餐をとり、あふれる皿、食べきれぬ食べ物を持っているからだ。他人がきれいな服を着ており、大きな信用を博しており、弁舌にうまく助けられているからなのだ。こういう陰険で、不実で、手の内を見せぬ族(やから)、偽善者たちが頭を低くし、不機嫌な顔で街を通り過ぎ、羊の毛皮の下に狐を見せてはいても、逆に彼らが傲慢な顔つきで髪を剃り落として散歩していても、実はいつも淫(みだ)らで恥知らずな姿を暴露しているのだ。

　ある者は宗教と宗教を対抗させ、家族と家族を憎悪させたりして、もっと深刻なのだが、これは口を噤(つぐ)むとしよう。彼らの家族では万事が正真正銘なのだが、他人の家族では万事が誹謗中傷に値するのだ。

　聖務はさまざまだが、多様な意図の多様な掟で統治された修道院も、実にさまざまだ。党派と同じくらい、これを覆う制服も、これまたいろいろだ。世俗の聖職者たちはどんな規律をもつにせよ、あらゆる修道会を誹謗したり、憎悪したりしている。アゴスティノ会員は聖母マリア下僕会員に対抗しているし、後者は白服をまとう者すべてを嘲笑している。ベネディクト会員は、戒律から名を採用したすべての者たち（ドミニコ会士）を犬みたいに罵り、かみついている。後者は今度は修道士たちを八つ裂きにし、すべての修道服を憎悪している。厳修会修道士は両

者を嫌い、トマス学徒は小さき兄弟修道士に毒矢を投げつけている。聖人、博学者、至福者であると錯覚している者たちは、われわれからも聖人や博学者と見なされたがっているが、彼らほどの偽善は皆無だ。俗人修道団の第三会を構成しているのは、神にも悪魔にも毛嫌いされているあぶくの衆どもだ。

　結局のところ、労苦、骨折り、無数の憎悪と心配、生死、善悪、黒白、これらすべての千変万化を経てから、ありとあらゆる修道士は笑い話のネタになっているのだ。

第十九歌　聖なる栄光への野心はいかに虚しいことか

　今度は万雷の拍手を求めている、より大きなものを詠むことにしよう。
　肩書きにひどく舞い上がり、思い上がったために、この哀れな体でありながら、神々になり、オリュンポスの神々に加わったと信じている（これ以上の愚があろうか？）人びとが実は存在するのだ。愚かにもそんなことを欲する者に、痴愚神は有名な第一名、名字、名誉、崇拝、立像、祭壇、聖火をもたらすのだ。この痴愚神はオリュンポスの神々のうちに、だだをこねしばしば悪党と化した僭主や、ギリシャが考案したすべての半神たちを配置したのだ。もしこの痴愚神が存在しなければ、ゼウスは今なおクレタの穴底に隠れたままで、雪のような白牛の角だったろうし、今なお白鳥のままであって、天の主(あるじ)ではなかったろう。クロノスの逃げ去る、苛酷な、哀れな老齢は、ラティウムのあばら屋でひそかに病んだ生活を送っていよう。ヴィーナスや軍神(マルス)も恥ずべき抱擁中のところを捕らえられて、青銅の鎖で縛られたまま、今なお天上の笑い話のタネとなっていたことだろう。太陽神(フォイボス)も今なおテッサリアの断崖の下で牛飼いをしており、バッコスも母の胎内に隠れたままだっただろう。イシスや純白の雌牛に変えられたヘラもエジプトの谷伝いの草を食っていたことだろう。ヘファイストスもエオリア諸島の洞窟で鉄を熱していたことだろう。ヘラクレスは大蛇(ヒュドラ)やその他の怖い怪物を飼い慣らし、彼のものだったローマもその哀れな屋根の下でクイリヌス（ロムルス）を守っていただろう。
　かつてはこれらは神々の家畜の群れや、山羊を飼うにも値しない卑しき人びとだった。だが何にでも驚く信じやすい俗衆や、盲目の痴愚が、

彼らを神々にしてしまい、彼らを天の星屑の間に持ち込んだのだ。

第二十歌　すべては喜劇だ

　最後に哀れな者どもよ、人類が喜劇だとしたら、われらはいったい何を嘆くべきか？　世界の大輪の中に閉じ込められているらしいすべてのものは、笑い草なのだ。大地も森も林も山も川も泉も笑い草なのだ。ポセイドン、ドリス、メリケルテス、パライモン、アイオロス、風、空気、運命(モイラ)たちの糸、神託、占い、ティシフォネ、ティティウス、ロタ、ハデスは笑い草だ。あなたはもっと知りたいか？　嘘つきの古代ギリシャ人が歌ったような空も笑い草だ。（私はもちろん、神の単一性や三位一体は救いたい。）メルクリウス、マルス、サトゥルヌス、アポロンは喜劇だし、ヘラ、アテナ、アフロディテ、月、牛飼座、大熊（小熊）座、乙女座、双子座、牡羊座は喜劇だ。ゼウスにしても、もっともグロテスクな作り話でなくして何なのか？　これらはみないったい何か、と問いたい。みんなの笑いをかもす痴愚の極みでは？　デモクリトスが当然こんなことを笑おうとするならば、彼の肺や内臓や口は爆発するだろう。デモクリトスだけでも、千人でも、十分ではあるまい。民衆、家畜の群れ、羊群、石ころ、野獣、鳥類、世界全体が爆笑したとしても、これほどの狂乱をふさわしく讃(たた)えることはできないだろう。

痴愚神の勝利　第三部

人の情念はすべて結局は虚栄と苦痛だ

老年の精神錯乱

　われわれは世間の海を航海している間は、決して静まらぬ波により、絶えずあちこちに打ちつけられる。あるときは北風、あるときは南風が打ちつける。暴風が束になって襲うこともあれば、烈しい嵐が四方八方から発生したりする。旋風が艫(とも)を打ちつけたり、舳先(へさき)を打ちつけたりするし、雨あられのように船腹を捕らえたり、周囲で咆哮したりする。こうしていつも風や波に投げ飛ばされたり、いつも煩悶の渦巻きで圧し潰されている。われわれは哀れなことに、いつも虚しい欲望や気持ちに苦しめられており、苦しみに悶えていながら、こういう責め苦は止まない。このように肝をつぶしながら、儲けや支配という虚しい希望を抱いて生きるうちに、名声や栄誉を必死に見つけにかかり、権杖や権力を渇望し、高く昇ったり、頂点に達したりしようと努める。虚しくて当てにならぬ希望に無邪気に溺れたり、幸せで至福なものと錯覚しているうちに、——生命は速く逃げ去るものだから——早くも老年に到達してしまう。老年は何と多くの苦悩とともにわれわれを襲うことか、欲ばりで、貪欲で、満足することのない労苦で圧迫され、いかに多くの持病に満ちていることか！　もはや不毛、貧弱、強情になっているのに、なおも強欲に燃え続け、生にしがみつき、けちで、いつももっと多くを欲し、飢えてしみったれた歯をむき出しにし、不満だらけで、悲しみにくれ、悩んでいる。力をなくしたとはいえ、いつも所有欲に蝕まれている。人の悪徳

や過誤はいつか老いるが、貪欲だけはますます若返り、たくましくなる。

　もっと欲しいのかい？　腐食した老年はそれ自体一つの病気なのだ。なにしろそれは皮膚の液を飲み、血液を疲弊させ、体力を奪い、徐々に精神を鈍化させ、感覚や心を衰弱させるからだ。老年になると、笑いも美しさも色つやも、そして最大の苦痛なのだが、ずうずうしく、無分別な青年は、おお、哀れな老人どもよ、われわれを軽蔑し、嘲笑い、くさし、憎み、攻撃し、あるいはわれわれを蹴飛ばしたり、むごたらしく冒瀆したりする。もっとひどいこともある。少数者には存在の全周期をかけ巡ることを許されているのだ。なにしろ人の性質ははなはだはかなく、不備で脆弱なのだから。もっと付言すると、人生には罠や落とし穴、戦い、飢え、病気、難破、雷電、ペスト、突然死、気まぐれな運、危険、事件が仕掛けられているのだ。赤児、若者、成人は死ぬ。死は老人をも引き上げる。ときにはぐらつきながらも、しばしばわれわれはかなり機敏な歩行で、対策もない運命へと送り出されてきた。なにしろ母胎から出るや否や、われわれは――ああ、哀れなことよ！――逃亡者となり、四方八方から落ちぶれるし、そうとも知らずに、死へと駆け出しているのだから。時間は迅速に逃げるし、瞬間、瞬間の継続、時、分、五年間、世紀、日、月、年、三年間は逃げ去る。暁は闇を撃退して、世界に光をふりまく。とすぐに、夜になり、昼を逃亡させる。光と闇との交代は尽きることがない。

　われわれは今日を生きたからには、明日はもう未来ではなかろう。だから継起のうちに、存在はその有り方を変えるのだ。木は肥沃な土の中で発芽し、まずは太陽に熱せられ、それから熱を養分にして発酵し、一本の柔らかい草みたいに姿を現わす。それから硬くなって、徐々に地中に根を下ろして力を得、株の上に幹を生長させ、ここから枝が出、葉っぱが春には生じ、ビー玉みたいに脹れあがった芽は総包が壊れ、口を開

けるし、木はその真紅の富をすっかり見せる。それから花が落ち、実がなる。だがその後、炎暑なり寒冷なり歳月なりで木は枯渇し、火はそれを灰に帰する。

　人の運命もまた然りだ。初めは生殖器の種子だが、それから母胎の中で胚となり、生長する。そして、自然がそれに力と朧げな人の形を付与するのだ。それから魂を賦与されて、生気づき、無力な乳飲み児が日の目を見、それがすばやく幼児、若者となり、そして若気の熱が鎮まって、より落ち着き成熟した年齢が、成人したことを教える。それから愚かしい老年が足を震わせて駆けつけ、ついにはペルセフォネが宿命の髪を切り、われわれ全員を夫（ハデス）の裁きの前に押しやるのだ。学者も無知な者も金持ちも貧乏人も、ああ！　全員がそれぞれの国からそこに集うのだ。

　広大な大空の下に創造されている万物、人、動植物、鳥類、口の利けない、もしくは火中に生きる動物でも、存在をやめ、笑い話となり、灰や無と化する。なにしろ生まれたものはすべて、無に堕する運命にあるからだ。

　おお、一瞬の間だけ持続すべく生まれた、脆弱で、はかなく、崩壊さながらの、当てにならぬ人の命よ、おお、はかない希望よ、上辺（うわべ）の快楽でくすぐられし悲惨な生命よ、病み、落ち着かず、尽きせぬ辛苦に左右され、苛酷で、愚かで、御しがたく、果てしなく、乱暴で、尊大で、傲慢な生命よ、人を欺く無気力にさ迷いながら、これほどの情念、これほどの気苦労、かくも脆（もろ）くて、つまらぬ、須臾（しゅゆ）なるものを、どうしてすり減らすのか？　なぜ心配するのか？　なぜ空気を食べるのか？　おお、むなしき光輝に目をくらまされた、狂気の錯覚人生よ、おお、労苦よ、空しい努力よ、空しい苦難よ、空しい希望よ、空しい技芸よ、空しい恐怖よ、無益にも思い違いしたり、あくせくしたりするのか！

何たることか！　もう私はステント[『イリアス』中の伝令]みたいに、胸にあるだけの息で大声で叫ばずにはおれない。さあ、権力、帝国、栄光を求めよ。地面を掘り、汝が閉じ込められてそれと一体化するであろう土地を掘りたまえ。隣人の背中の毛を引き抜き、ろくでなしの血を飲み、貧乏人の心臓を食べて消耗させ、お金を探し、浮浪者かぺてん師になり、暴力を用い、金貨しか考えず、莫大な富をため、それを抱きしめ、寄せ集め、しゃぶり、吸い上げ、積み上げ、袋に入れ、隠し、しまい込み、売り、買い、交換し、剥ぎ取り、奪い、騙し、ごまかしたまえ。または学者になり、読み、研究し、創作し、書きたまえ。受け取り、断り、恐れ、装い、食べ、飲みたまえ。種をまき、木を植えたまえ。泣き、悲しみ、涙し、笑い、歌い、拍手し、冗談を言い、行き、戻り、逃げ、離れ、居残り、休み、生き、元気でいて、それから死にたまえ。徹夜し、起き、眠り、破壊し、建設し、ほかに多くのことをしなさい。ほかにもっと？何をしたのかい？　汝のものと言えるどんなものを持っているかい？いつも不確かな運命に対抗する、確実などんなものを持っているかい？行列、飾り、権力の印、王冠、髪飾り、頭飾り、名誉、勝利、戦争、戦利品、怒り、欲望、願いごと、葬い、涙、苦痛、骨折り、誓約、危機、歓喜、笑い。すべては笑い話で、愚かな心の苦しみだ。最後に、汝がこの地上に生き、人事を扱う限り、汝が何をしようとも、あいにくすべては痴愚神の支配下で生起したり、実行されざるを得ないのだ。

　この痴愚神はわれわれに魂の情感、嬉しいことや悲しいこと、怒り、恐れや楽しみといった、人の心の中に潜むすべてのことを与えるのだ。むしろこの女神はその力で、その欲する所にすべての人を誘う。この女神は大胆にして傲慢、強力だから、世界の女王として、万人への勝利杯と豊かな戦利品を持ち帰るのだ。

　おお、軽薄で病弱で手に負えぬ俗衆よ、心の古い病を治す薬を持つ者

に傾聴してよく耳を貸しなさい。お願いだから、汝のままで留まり、少しばかり賢明になりなさい。汝に戻り、たまには眼帯を投げ捨てなさい。どうして汝が狂っているのかが分からないのか？　どうして目を開けて、汝の愚かなことを、ときには告白しないのか？　こんな痴愚を取り除けば、少しはもっと賢くなろうに。どうして汝は自由を取り戻し、汝を引っ掛けて正しい道から遠去けている盲目の網を破らないのか？

　おお、須臾の時間に滑り落ちるべき定めの死すべき人よ、どうか言っておくれ、心臓と心と魂を汝はどこに置いたのかい？　汝は運命の女神(モイライ)のまったく自由ならざる掟をすっかり信じ切って、過信している。汝はひょっとして、世に生き残り、大地の相続人や支配人に数えられているとでも信じているのか？　それどころか、汝は今日か明日にも死ぬだろうし、生者たちの群れから引き離されようぞ。さてはこういうことが汝にどんな価値があろう？　汝は寒い棺桶へ運ばれるのだ、目を閉じ、手足を縛られ、家庭に戻ることを拒否された場所へと。

　こうなると、宝石や上等の大理石の金ぴかの部屋でも十分ではあるまい。言っておくれ、そのときにはどこで睡眠をとるのかい？　どこで楽しい食事や正餐を用意するのかい？　どこを動くつもりかい？　きっとパッドや象牙の椅子に座ることはあるまいし、房飾りのあるマットレスの上で休むことはできまい。そうではなくて、小さな穴に隠れていたり、長くそこに留まらねばなるまい。恐ろしい太鼓の響きで、汝が深い眠りから呼び覚まされるまで。もう汝は扉の外へ足を踏み出そうとはしまい。ときには、長い従者の群れにつき従われたりさえしよう。墓の中にまでお伴をしてくれるほど忠実な者がそのとき見つかるだろうか？　何人かの召使いは酒を注いでくれたり床を手でたたいて直してくれたりして、見棄てられた主人に敬意を表してくれても、何の価値があろう。否、召使いは反抗心をもってじっとしているだろう。そして葬儀の後では、墓

がもう見守られたりはしないだろう。武装した群れも、有名な従者も、息子も、鍾愛した妻も、妹も弟も友だちも、もはや汝の後に従いはしまい。そうではなくて、汝の仲間になるのは、汝の血の気のない骸骨を悩ますうじ虫の群れや、貪欲な長い蛇どもだろう。いとしい財宝、地面にひれ伏した頭、歌、美少女たちにお気に入りの歌謡、合唱、チェトラ、石をも感動させる八弦琴は、いったいどこへ行ったのか？　さては悪ふざけ、遊び、卑しい快楽、毒舌、辛辣な箴言、苦い応答、冗談、頑丈な体格、大胆さ、雄牛のような力、武器、女性への口説き、装飾、成功、評判、名誉はいったいどこへ行くのか？　汝は裸で世に登場した、だからその裸のままそこを立ち去るだろう。汝が身に着けているのは紫色の衣服ではなくて、ああ、貧しき服、ひょっとしてパピルスの服だろう。大地や海が所有するあのすべての恵みが、汝には何もあるまい、もはやわれらの体ではない、新たな体を獲得してから、汝が天に上昇しようが、地獄に堕ちようが。

　なにせ天上の敬虔な群れにせよ、地獄の鱗だらけの手合いにせよ、太陽か月をさすらう住民や、(冥界の) フレゲトン川の船乗りがいるにせよ、みんなが財宝、黄金、貨幣を軽蔑するのだから。ステュクスの波の上のカロンは裸体しか運ばないし、運搬の費用を請求したりもしない。沈黙の魂の暗黒王国のすべての住民は、共同の座席を共有している。貧窮者はほかの者たちに劣りはしないし、王も貧者より優れてはいない。同じ場所で人間の屑が大指導者たちと同居している。名門も著名な子孫であることも、無価値だ。逆にみんなが影の中で一緒に、何らの差別なく飛び回っている。

　だから私はみなさんにお勧めしたい——この暗い沼を渡る際には疲れた四肢を酷使し、船、櫂（かい）、そして難破者が揺さぶる帆を持ちたまえ。浅瀬、大波、渦巻き、スキュラの怒り、カファレウスの恐い暗礁、旋風の

猛威を避けたければ、暗礁の窮地なしに安全な港に到達したければ、この沸き立つ海を渡る際に目を閉じて、欺かれないようにし、愛らしくて嘘つきのセイレンから欺瞞と魔術で魅惑されないようにし、後から水没させるための甘い歌に惹きつけられないことだ。なにしろ魔女は歌と強力な酒とをもってあなたたちの人間性を奪うことなく、あなたたちを野獣として生かすのだから。

　では、われわれは何を欲し、追求すべきなのか？　さあ、神々に尋ねよ、何が真に善で、何がわれわれに適しているかを、残余のすべてを天の意志に委ねるべきだということだけを。混乱した意欲が、神の命令の許す範囲を踏み越えてまで汝を行かせてはくれないのだから。それどころか、われわれは騙されてしまうし、この狡猾な痴愚はそれが望むところへ、愚かなわれらを追いやるのだ。

　どうしてわれわれは眠たげに仰向けになっているのか？　なぜそんなに惰眠をむさぼるのか？　なぜ四方八方から悪にさらされながら、無精にもいびきをかくのか？　やい、盲人ども！　地上のものはどれほど探し求めても、追求者を煽り立てるだけで、満足させられぬことが、たぶんわれわれには見えぬからではないか？　こんな堕落はよせ。野獣になるな、野蛮な習慣を断て。人にふさわしい立場を保て。品位を守り、人生の規範を学べ。人はどうしたら至福でありうるかを訊きなさい。錨(いかり)をよそに降ろし、食い尽くす時間や、別の力に支配された出来事の存在しない、ほかのところで組み立てねばならぬ。ほかのところに方位を定め、目を上げることだ——永遠に生きたければ、永遠の慰めや天の懐で満たされたいのならば、また、貧しさも骨折りもなく、逆に、真の富、無比な豊饒の王国のある先祖伝来の場所を好むのであれば。

　おお、人よ、泥濘(ぬかるみ)から立ち上がれ。汝の額が体の上に直立しており、上を眺めるように秀でた顔を授けられているのなら、いったいどんな激

怒、どんなほかの理由が、汝を地面にすっかり屈ませるほど愚かにしているのか？

聖き、直立の存在が、その尊厳を忘れて、地上の快楽や不名誉な欲望に屈するという、この上ない、恐るべき醜行を誰が意図するのか？　大地が卑しく不動なものとしてわれわれの足下に置かれているのも、まさにこのため、つまり、踏みつけられるためであり、神として人間に愛されたり、崇拝されたりするためではない。汝の目の前に、星屑や、光り輝く形や、至高の天に隠されたものの姿が置かれたのも、夜には輝き、昼には放光して、汝がかくも偉大な仕事の証人、かくも輝かしい光景の歌い手にならんがためなのだ。そして、かくも妙(たえ)なる美に圧倒された上は、心も頭もしばしば神に向けたまえ。しかるに汝——おお、犯罪者よ——は大地に突っ立って、繁茂した菜園、畑、ぶどう畑しか眺めることを知らないのだ。何故に汝は地上に身を屈めているのか？　何故に汚すのか、天を眺めるために生まれたこの聖き顔を、下に向けたりして！何故にそんなふうに屈んで、獣のまねをしているのか？　さあ、魂を向けなさい——人間の運命や条件がわれらを仕向けるところ、かの天上の聖なる哀れみがわれらを呼ぶところへ。この哀れみが愛を担保にわれわれの顔を上に向けたのも、われわれが天上の場所や神々の群れに招かれていることを、われわれに分からせるためなのだ。恩知らずよ、聴け、汝は神に大きな侮辱をすることになるぞ、もし神の恩寵が許されたのとは異なる用い方にひん曲げられるのならば。ほら、神は理性の手引きを差し伸べて、不確かなものよりも確かなもの、はかないものより永遠のもの、醜いものより美しいもの、俗なるものより聖なるものを、好むようにしているのだ。されば、不幸な御者よ、汝の理性をこんなにひどく用いて、抑制(はみ)を放棄し、地上をはいずるつもりなのかい？　大地から与えられたその体をよく養い、飾り立てるがよい。逆に、天界から汝に下

された魂を軽視し、ごまかし、嘲り、無視するがよい。むしろ汝は信ずるがよい、肉体がほどけたとき魂が絶体無に陥ることを。

　おお人よ、どうか知るがよい、汝の根源を！　大地から離れて、目を天に上げるのだ！　汝の足下に神を探すでない。汝の安定した幸福な条件は、天上以外にはあり得ないのだ。もし汝が下の地面に寝そべるなら、知るがよい —— 汝が身を投げ出し憩うところでは、従順な意志が汝に屈伏し、遠慮なく、どこへでも進んで入り込むことを。

　この短い生存を客として、亡命者として過ごして、そういう存在で確固たるものを何も気づかせられずにいるのだから、どうかこの体に監禁されていても、知って欲しい、力を持つ術を考え、汝の出身地なる祖国に戻る術を考えることを。汝があまりに早く追放されるだろうこの脆(もろ)い劇場で建築するのは、愚かな骨折りだ。恥知らずな相続人に残すことになるはずの財産を探し求めるのは、愚かな骨折りだ。だが、もっと愚かなのは、この骨折りの後で、誰もそこから汝を追放したり、よそに送り出せもできないほどの、それほど堅固な居場所を、天に建造しないことだ。

　長旅に向かいながら、落ち着かせる糧(かて)の心配もせず、汝のように迷える烏合(うごう)の衆として、食料や旅に不可欠なものをも用意もせず、世間の砂漠を駆け巡りながら、天に持って行くべきものを用意しないほど、かくも横柄なのは、いったい誰なのか？

　されば私の忠告を聴き入れたまえ。汝が助言を望むのなら、久遠の住居を忘れないで、準備することだ、汝が一緒に持っていくべき王にふさわしい家具を。甘きヒュメトス山のような蜜でいっぱいのジャコウソウの野原をさまよう（シチリアの）イブラ山のミツバチ、しかもさまざまな花から蜜の滴を吸い取りながら、この上なく甘い食べ物を、うるさい子供に運ぶミツバチをまねたまえ。

だから、汝は（良き仕事の）美しい庭の中の聖き斜面で、手早く、たゆまずに、収穫したまえ、運命や偶然の攻撃に挑み、難破や火事を恐れぬ財産を。汝の立会人としての天の金庫の中にそれを蓄えよ。ここから出発すれば、はかなき鎖が壊れても、天の隠れ家がすぐに見つかるからだ。
　おお、尊大な人の群れよ、立ち上がりなさい、地面から汚れた魂を解放し、眠れる心を目覚ましなさい！　脂(やに)のたまった目を開けて、しっかり聴きたまえ。人が生まれたのは、天の庭の農夫になるため、主の畑を愛しく耕すため、また倍加した熱意をもって、労働を一新することにより、黄金、膨大な儲けの果実を産み出すためなのだ。
　だが、怠惰や無為に引きずられて汝が犂(すき)の仕事を止めるならば、汝のこの土地は花も植物も発芽させはすまい。それどころか、イバラに覆われ、羊歯(シダ)がはびこって、産み出すのは毬、ドクムギ、不毛な燕麦、それに、火中に投げ込まれることになる、罪の悪しき雑草だけだろう。信用の生け垣がこの庭を囲み、保護し、希望がそこを培い、そこに種をまき、そして哀れみがそこを繁茂させ、天の雨がそこを潤し、悔い改めた心の涙がそこを実らせ、そして泥棒が侵入しないように分別が見張っている。
　農夫が熱心に除草し、剪定(せんてい)し、馬鍬(まぐわ)でならすのは、イバラとか、有害な根っこが生えないためだ。そう、悪の種を根絶し、美徳の気高い種を発芽させれば、果実がうまく熟し、天の納屋の穀物は農夫を幸せにし、偉大なゼウスの裁判所の前で静かに彼を座らせるであろう。
　汝が真剣にかかわり合いたいのなら、天の王国に入れる手段を手短に示そう——力がどんなものか、神に勝つ武器はどれか、天の塔を倒す戦闘機械はどれか、天に入れる地点はどこかを。汝の魂が楽しく、自由で、不安がなければ、汝が神の敵たる凶暴な憎悪を避けるなら、汝が生の苛酷さ、煩わしさ、重苦しさを恐れないのなら（実際、まず原因が取り除

かれたなら、結果も除去されるだろう。反対は反対で、対抗策は対抗策で、毒は毒で、しばしば治されることを汝は知っていよう）、汝が運命や神々から授けられた僅かなもの、小さくて質素な住居に満足するのなら、たいそう地味な食事や、切りつめた暮らしに満足し、万象を支配している自然法則に服従するのなら、汝の怒りが静まり、嫉み、燃える欲望、心の激しい渇望、貪欲、淫欲が静まるのなら、汝の心を襲う敵を拒否するのなら——さらに大事なことだが——汝の五感を克服した後で、汝自身の不屈の、強硬な主人であることができるのなら、最後に、残忍な僭主みたいに汝から取り上げたり、そっと汝を迫害したりする幾千もの貪欲に介入されても、いかなる攻撃にも泰然と対抗し、あらゆる魂の嵐から自由に生きる術(すべ)を心得ているため、どんな事件も汝を動揺させられぬとしたなら、そのときには、神のように至福になった者として、汝ははかなく、つかのまのもの一切を、真に放棄し、捨て去って、人間の生とは全然異なる生を送り、天の秘密の入口に入り込み始めることだろう。

　でも神は苛酷な労苦を経てでなければ、誰をもその王国に招きはしない。怠惰な者に星を提供したりもしない。実際、あらかじめ自分自身を完全に否定することなしには、誰も上昇して行き、しかもつらいこの道に対決することはできないのだ。あらゆる快楽や喜びを捨て、鎖、牢獄、火、石、苦痛、飢え、渇き、責め苦、殴打、死を進んで引き受け、天を血でもって買い受けたのでなければ。だがこうしながらでも、天の光に照らされていなければ、誰もこういう努力や方策をしても、ちょうど太陽が雲の下に隠れているのに気づけぬのと同じように、太陽の光線を浴びる前に天の敷居を見ることはできないだろう。

　神はいかなる人にも光を注ぐ習慣が全然ないのだ——あらかじめその意志が頭も心も神にすっかり向けられ、固定されているのでない限りは。

それから、汝は天に招かれ、聖なる元老院の命により、もっとも偉大な半神たちに加えられて、天の都市の新市民に登録されることであろう。

　汝が以前に神の敵であり、天に反抗していたとしても、そのときには汝は回心して友となるであろう。地面だったものが天国となろうし、汝は死すべき存在が不死のものとなり、流れるものが堅くなり、不安定なものが固定し、闇が光となるのを見るであろうし、奴隷だった者が自由を獲得するのを見るであろう。逃亡者、放浪者、追放者が祖国に戻り、貧者が金持ちとなり、裸で入ったものが素晴らしい衣服を着せられるであろう。飢えた者はすぐに真の食べ物たる神饌、天上の飲み物たるネクタルを見いだすことであろう。最下等の者が最上等の者となり、奴隷が支配する王となろう。それから、天の力で汝は星屑に昇ったり、未知の飛翔を試みたりするための翼を与えられよう。そのとき、聖なる、偉大で、高尚なことしか考えずに、少しずつ汝は地上から上昇するだろうし、そして空中に上げられて、大胆にも星屑に足を踏み入れようとするだろう。そこに到着すると、汝の耳には鳥どもの魅力的な合唱が聞こえるだろう。そこではナイチンゲールがケクロプス〔初代のアテナイ王〕とフィロメラ〔アテナイの王女〕の古い悩みを嘆いている。彼女はトラキアの夫の祖国を逃れて、やって来る人びとを絶えざる唄で挨拶せねばならなかったのだ。ここでは寡婦となったキジバトが夫の死を嘆き、痛ましくハトどもが夫婦の話を語っているのだ。オウムは人間の声をまねて懸命に千変万化に囀り、彼らに答えて今度はカササギが囀っている。地上では見かけたことのない素敵な鳥たちが、色とりどりの胸や翼をして、いつも甘美な声を震わせている。

　あちらでは撥(ばち)がいくたのシターンをかき立て、あちらではミューズがチェトラで冥界の亡霊たちの罰を慰めるのを常としてきた。伝説の告げるところでは、アンフィオンはチェトラでテーベを建設した。これでト

ラキアの予言者は樫の木や石ころから聴取したり、川の流れを逆流させることができた。それはアリオンを感動させたまま、イルカの背で運ばせたのだ。

　こちらには、チェトラの伴奏でイオフォンが歌っている。こちらではリノス、イスメニアス、テルパンドロス、クサントス、大胆なマルシュアス、クリュソテミス、タミュリス、リュディアのコロイボスがいる。こちらにはミダス、ニコマコス、キロンのミューズ、ティモテオス、エウボリデス、ヒッパソス、アルキタス、フュラムノンがいる。ザンポーニャの甘い音色でアレストルの子たちを眠らせた者がいる。セイレンたちの歌、システラム、竪琴、オルガン、リュート、キュベレの笛、ハープ、シンバル、クロタロ、サンブーカ、チェトラ、ホルンもある。牧神たちのザンポーニャの絶えざる連続音が聞こえる。水の精たち（ナイアス）や森の精たち（ドリュアス）が谷間のニンフらと一緒に住んでいる。オルコメノスを去ったカリテスや、ヘリコンを去ったミューズが輪舞している。各天球の軸の動きがさまざまな音で耳を愛撫しており、また、北南位の上を回りながら、天の群れの全位階を歌へと招いている。

　汝はこういう至福な気持ちに魅せられて、愛、炎、情熱、優雅と化するであろう。天上の存在となり、地面を下に残しながら、すぐさま汝の前にはひとりでに天の輝く門が開かれるであろう。そこでは穏やかな風土と恵み深い星のせいで、小熊座が冷たい息で傷つけられたりすることはあり得ぬし、天狼星（てんろう）が熱風で激しく悩ますこともあり得ない。逆に、穏やかな風土が絶え間ない花や芳しい草をもたらしている。ここで生ずるすべてのものは、キリキア人やインド人だけが収穫できるし、ここではアルキノオスの庭、豊かなヒュメットス山、親愛なクニドス、キプロス島、パフォス、高慢なキュテラからの産物が育っており、金髪のヴィーナスがアキダリアの斜面で収穫し、アモルがイダリウム〔キプロス島の古都〕

の庭で収穫したものが育っている。聖き霊魂たちが花盛りの草の中で跳ねまわるエリュシオンで、スミレの野が見え隠れするように、常春の発芽力がここでは労せずして、いたる所からはじけている。ここでは果樹の女神(ポモナ)が、東方と南方のすべての富とか、自然が種子に隠したり、柔かい樹皮の下で育んだりしているすべてのものとかを、まき散らしている。

　ここでは無数の人の群れ——快い歌そのもの——が花輪を身につけたり、額に花冠を巻いたりしている。ここではいたる所に歓喜があふれ、星屑の聖き笑い、花々の戯れの雨が降っている。

　賛歌の歓呼に包まれて、ここから赤い果実の野原に向けて、ラヴェンダーの穂や芳しい庭の中の真紅の道を横断しながら、汝は万雷の拍手を浴びて、とうとう汝の至福の住居なる、神の至高の犯しがたき御座に到達するであろう。かくも気高き所に到達して、汝は神の素晴らしき至高の住居、世界中を収められるほど広大な、見渡す限り雄大で、雷光や雷鳴の騒乱にも動じない住居を見始めることだろう。ここでは昼と永劫の光が輝いている。昼はわれらの太陽に照らされているよりも輝き、光はわれらのものよりはるかにまぶしい。

　その中に通されると、目にする神は神々しい威厳に包まれていて、あまりの輝きに汝の目は視力を奪われてしまい、雷で打たれたようになり、いったいその御方が誰なのかをもはやはっきりとは見られまい。

　ここで汝が出会う神は、雷鳴とどろかせ、無限にして、広大であり、すべての理性の理性、人類の指導者、父、王にして、動きの源、光、真、至高権力、未知にしてたくましき力、明るい闇の中に閉ざされ、あらがいがたく、人の目には不可視で、不可解にして、一であり、不動にして御身からは決して分離不能であろう。けれども、三位格(ペルソナ)が唯一の力、唯一の愛、唯一の心、唯一の本質のうちに集中しているのだ。この巨大な

球は、その上下のすべてのものを包含し、天上の圏すべてを包み込み、天国の頂上で隠れたまま支配しているのだ。

　この御方は星屑、諸世界、火、雲、海、川、大地をハデスの暗い牢獄に至るまで透入するのだ。この御方は御自ら取り囲むが、存在から取り囲まれはしない。万物が神に満たされているが、さりとて神より小さいものは皆無である。

　とどのつまり、神は俗衆が運命と呼び、ほかの者たちが至高善と呼ぶものなのだ。それには形相も年齢も姿も与えられはしない。けれどもその御姿がもし存在するならば、ほかの存在には許されぬ、御自身だけに似ていよう。この姿をどの画家も詩人も描いたことはないし、どの目も見たことはないし、どの舌も歌ったことはない。心だけが見ることができ、清き心臓だけが魂の沈黙のうちに崇敬できるのだ。でもその御方は強力であられ、寛大さにあふれておられるから、人間に姿を現わせられれば、ただちに地上の愛を滅ぼされるだろうし、人間を呆然たらしめて、悪への趣味を喪失させ、以前とはまったく異なる思考や意欲を持つ人とならしめ、方法も生活も一新した、新生を始めるようにさせられるだろう。もはや彼に恐怖や、嘆きや、涙や危機や損害や悩みをつくらせたりはなさるまいし、ほかに何にも欲したり愛したりもなさるまい。彼に対して宿命も死も運命も損害を引き起こさせはなさるまいし、苦難の力も、天の光に照らされたこの魂をもはや歪めることはおできになるまい。

　されば、われらは常に永遠なるものを考え、語り、愛し、愛情、思考、努力、意志をそれに向けるようにしよう。必要なことはただ、永遠なるものを目指し、欲し、味わい、想起し、とりわけ思考することなのだ。神がわれらに苦労や努力を強いるのは、ただこのことのためだけなのだ。そして、もし神がわれらから遠くに居られるように見えても、それでも常に近くに居られて、神に親しく結びついて生活し、そして自分自身の

うちにすばやく神を受け入れたり、神が眺められたはずの目や視線で神を見つめようと欲するほどに、気持ちが傾き、用意のできた人びとを愛し、助け、保護しておられるのだ。

そのときに初めて、汝は聖なるものを理解できるだろう——地上のいかなる思いからも離れて、頭や心臓もろとも汝自身に閉ざされて、もはや死すべき存在には非ずして、ただ唯一のものなる汝の魂が、人間のあらゆる気持ちを焼き尽くした後で、かつてのようになるであろうことを。聖なる胎内を出て、汝の魂は母の胸の中で生き始めたのだ。

されば哀れなる者たちよ、なぜ大地を崇拝し、泥の中に横たわるのかい？　われらは急いでよそへ赴き、何とかこの世に縛られて生きる義務を悔やむべきなのだ。そうすれば、すばやく致命的な罠から解かれて、至福な者たちの顔が覆いなく見れて、さぞ喜ばしいことか。こういう切望は心の中で鼓動して休まない。汝がこういう有益な助言に耳を傾けなければ、愚かにも破滅することだろう。逆にそれに従えば、天は宗教の指標で満ちているから、汝は星屑の彼方に昇り、汝の出身地、居場所が見つかるだろう。そこではこの苦労に見合う賞を当然受け取ることであろう。ここでは汝は久遠の歓喜の状態、不滅の生命、純真なる喜びの長い鎖、神の至福、その平安、その笑い、その現前、その栄光、その顔、その恩寵、その威厳、その光、福者たちの永遠の休息が、見つかるだろう。ここには真の富、真の英知、物質のうちに埋没した学者には未知なそれが、見つかるだろう。

かくて、神の付き添いで、われらはかの至高位、自然がわれらに潤沢に与えてくれた位に到達できるだろう——心の聖き情感や真正な厳格さを、死せる物質と区別できるのであれば。このように、後者の物質から遠去かるほどに、それだけいっそう、われらは神に近づき、永劫に生きることができるのである。

フランチェスコ・ルーフォ・ディ・モンティアーノによる、ファウスティーノの墓碑銘

　ラテンの地トレドツィオが産みしファウスティーノは、体格は華奢なれど、心根は頑強なりけり。ラティウムの教えをすべて学び、リミニ市にて静かに生活し、同地にて没す。
　その亡骸(なきがら)はこのお棺の中に憩うも、その精神はそれがよって来たりし天国へと速やかに戻れり。

　　　　　　　　　　　　リミニの出版者、ジローラモ・ソンチーノ識

訳者解説

　訳者がペリザウリの本書のことを初めて知ったのは、G・タボガ『撲殺されたモーツァルト——1791年の死因の真相——』（共訳、而立書房、2011）を訳出中のことだった（同書、159頁参照）。ペリザウリについては、『イタリア文学百科事典』（ラテルツァ、1966）にさえ登載されていないほどマイナーというよりもまったく無名の作家である。[1]

　ファウスティーノ・ペリザウリ（1450頃 – 1523年12月2日）はロマーニャ州トレドーツィオの神父だった。有名な『ポリフィーロの愛の戦いの夢』の著者で神父のフランチェスコ・コロンナ（1432／1433 – 1527頃）[2]の親友でもあった。

　De Triumpho Stultitiae（1524）——直訳すれば、『痴愚女神の勝利について』——は著者が没した翌年に刊行された（リミニのソンチーノ社から）。ここでの最大の問題は世界的に有名なエラスムスの *Laus Stultitiae*（パリ、1511）との関連性である。刊行年は前後しているのだが、A・ヴィヴィアーニの研究によれば、ペリザウリの創作は1480年から1490年の間だったと思われるし、実はロッテルダムのエラスムスは1508 – 1509年にかけての9カ月間をヴェネツィアの出版業者アルド・マヌーツィオ（1450 – 1515）のために校正者として過ごしていた（自著『格言集』増補版を1508年9月刊）から、この間にペリザウリの作品を見ることができたはずなのである（このことはG・タボガも付言しているところだ。前掲書、159頁）。ただし、エラスムスはペリザウリのことには全然言及していない。なぜか？　タボガは穿った見方をしている——「すでに発明されたものに補足すること〔二番煎じ〕は容易だ」（facile est inventis addere）を自覚していて、典拠を知られるのを回避したからだ、と。（「付記」参照）

　エラスムスとペリザウリの符合箇所の若干例を見てみよう（エラスムスは沓掛良彦氏の新訳（中公文庫、2014）[3]を拝借させて頂いた）。圏点に注目されたい。

エラスムス	ペリザウリ
とどのつまりは、ニレウスと見えた者がテルシテスに、パオンがネストルに……（中公文庫、59頁）	……ニレウスは怪物コリュテウスになり、皺だらけのネストルがナルキッソスと人違いされよう。（第一部　14頁）
……こういう人々は、死への恐れというものを抱いておりません。この恐れは、ユピテルにかけてそうそう馬鹿にできない不幸なんですけれどもね。心をむしばむ良心の呵責といったものもありません。幽霊の話なんか聞かされても怖がりません。亡霊だの死霊に怯えることもありませんし、襲いかかるさまざまな不幸に恐れおののくこともなければ、……人の一生を台なしにする数知れぬ憂悶に、胸をかきむしることもないわけです。恥もなく、恐れも知らず、野心も抱かず、嫉妬もせず……（同、89-90頁）	彼らには心配、不安、物欲、恐怖、憎悪、恨み、文句、喧嘩、おぞましいもの、妖怪、亡霊——夜の恐怖——は存在しない。武器の恐怖、死の恐怖、心の盲目の激情、……暴力に傷つけられたりはしない。（同、16頁）
それにほかならぬ人間の一生全体が、芝居でなくてなんでしょう？　そこでは誰もが仮面をかぶって登場し、自分の役割を演じ、やがて舞台監督によって表舞台から退場させられるのです。舞台監督はしばしば同じ役者を、違っ	「……みんなが衣服の下に隠れて前進したり、みんなが自分の役割を演じ、役目を果たしたりする喜劇でしかないとしたら、この人生はいったい何なのか？」……運命はみんなに命じて舞台に登場させて、しばしば二役を演じさ

た扮装で舞台に出させますから、つい先ほどまで緋の衣をまとって主様を演じていた者が、今度は襤褸にくるまった奴隷として姿を見せたりするのです。（同、72-73頁）

この人たちは死を恐れることもなく、それを感じもせずに、大いに楽しくその一生を送ったのち、ただちに福者の楽土へと居を移して、その地で、敬虔にして閑雅な日々を過ごしている人たちの魂を、道化を演じて楽しませるのです。（同、94頁）

なにぶん甘美な希望を抱いておりますので、労苦も費用もいささかも厭いはしません。すばらしい才能で常に何かを作り出し、それによってその都度自分自身を欺き、自分の眼には結構なものと思えるいかさまを作り上げ、ついには全財産を失って、ちっぽけな炉一つこしらえられないということになってしまいます。（同、101頁）

法律学者の次にまかり出るのは哲学者です。髭を蓄え、長外套をはおって、尊敬すべき風体の先生方ですが、自分

せる監督だ。だから初めには主の役を演じた者が……今度は貧しい奴隷の役を演じたり、同じくぼろで身を隠したりする。（同、18-19頁）

生前には愉快に、死後にはより愉快でいたまえ。汝は極楽の日陰に赴くことだろうから。そこでは魂たちが……する間に、汝はその冗談で彼らを笑わせたり、自らその仲間になったりするのだ。（同、17頁）

それでも甘美な希望を抱いているものだから、むだ遣いされた金銭も不毛に終わった労苦も重荷とはならない。むしろ何か新奇なことが汝の頑固さを誘って、さらに汝を誤らせ、汝に逸脱行為が前以上の欺瞞を更新させるのだ。
　……財産をすべて消費してから、汝はもはや新しい炉も……買えなくなる。（同、65頁）

学者で一番の地位を自認し、したがって自分だけが賢者の名を要求している連中がいる。……ガウンや衣服は汚

たちだけが智者だと憚るところなく公言し、ほかの人間すべてを、はかなく漂う幻影だとしております。このお歴々が、数えきれぬほどの世界を創造し、太陽を、月を、星辰を、もろもろの天体を、あたかも指か糸でも物差しにしたかのようにして計測し……

ところが自然はこの連中と彼らが抱く臆測に大笑いしています。(同、139－140頁)

もしこういうお方たちがほんの少しでも良心というものを持ち合わせておられたならば、その生活ほど悲惨で、それを体験するのを御勘弁願いたいと思わせるものがありましょうか？……支配権を握った者は、私事を捨てて公のためにはたらき、自分個人は顧みずに、公の利益のみを考えねばならないのですからね。……法には、寸毫たりとも違うことは許されません……。(同、169－170頁)

ところが王侯たちときたら、……こういった心配事はすっかり神様たちにおまかせし、自分たちは遊蕩惰弱な生活に耽って、なんであれ心の平安をか

れており、立派なひげを蓄えている。自分だけが物知りだと錯覚し、……――ほかの人びとは狂った影みたいに地面すれすれに飛んでいるというのに。

無数の世界をあえて想像し、太陽、月、星屑、その他の世界を籠中にしているらしい……しかし彼らが……する間にも、神や自然の大爆笑が後から湧き上がるのだ。(同、50頁)

この種の人びとに半オンスの健全な脳味噌があれば、地上に彼らほど深刻で悲惨な生活はないことが分かるだろう。……自分のではなく、民の利害を受け入れ、……自分の願いをすっかり忘れて、公共の願いを実現しなくてはならない。正義の限度をほんの僅かでも超えぬよう、いつも留意しなくてはならぬ。(同、46頁)

すべては天と神の意思まかせなのだ。君主の義務を遂行すべきだったと思うのは、無数の奴隷の群れや馬どもの群れを食べさせたとき、……市民たちか

き乱すようなことはしたくないので、快いことを言う者のことにしか耳を貸そうとしません。せっせと狩猟に出かけたり、立派な馬を飼ったり、……臣下たちの懐を軽くして、その金を自分の金蔵に収めるための手口を毎日考え出したり……（同、171頁）

ら絞り取ったり、自分らの金庫を富ます、罪なき血を巻き上げたりするための新方式を見つけたときなのだ。

　だからこそ誰にもまして、飽くことなき黄金欲や貪欲は王たち……に大きな害をもたらすのだ。（同、46-47頁）

　その他、細かな符合は数知れないが、ここでは省略する。ご関心の向きは直接、両書を見比べて検討されたい。
　最後に、Giannino Fabbriによる羅伊対訳本（Firenze, 1963）（拙訳の原典）には、ラテン語の欠落している箇所も散見する（伊訳は行われている！）。いずれにせよ、エラスムスとは違い、ペリザウリのラテン語はかなりバロック的であり、文意が捉えにくい。したがって、Fabbriのこの伊訳のおかげで、この拙訳は初めて可能になったことを付記しておく。
　ルネサンス期特有のギリシャ・ローマ神話に絡んだ話が頻出しているのは、ペリザウリ、エラスムス両者に共通の特徴だ。第三部は神父の説教がとくに鼻につくけれども、著者が神父だけにこれは当然だし、そうでなければ、禁書扱いになり、刊行（imprimatur「出版を許す」）はできなくなったであろう。この点では、大胆にも聖職者をこきおろしたため、1558年、ローマ法王パウロ4世から全著作を禁書にされてしまったエラスムスとは大きな違いがあるし、逆に体制側に留まったペリザウリが後に闇に葬り去られることになった理由なのかも知れない。
　本書はいずれにせよ、エラスムスが直(ひた)隠しにしてきた知られざる秘本である上、すでに紹介したファン・ボクセルの『痴愚百科』（拙訳、而立書房、2007）でも、ペリザウリには全然触れられていないから、エラスムスの継承者ボクセルにも、ペリザウリは残念ながら未知のままの著者であるようだ。[4] ここに

「モロソフィア叢書」の一冊に加えて、イタリア以外の外国で初めて江湖に送る意義は相当大きいものと確信している。[5] エラスムスにはさぞかし不快なことだろうが。

2014年6月26日

谷口　伊兵衛

(1)　ただし、ウィキペディアのネット情報では、ごく簡略ながら、言及がなされている。

(2)　この興味深い作家については、追って、シャルル・ノディエの短篇を中心とした一冊を「アモルとプシュケ」叢書（而立書房）に収めて上梓を予定している。「書物は互いに対話する」（ウンベルト・エコ）。

(3)　ラテン語原典訳には『痴愚礼讃』（大出晁訳、慶應義塾大学出版会、2004）も出ているが、沓掛氏によるとこの訳には相当問題点があるらしい。第一、翻訳のタイトルからしておかしい。原作者は擬神化しているのだ。バカを礼讚するとは！（「愚者になりて往生す」（『未灯鈔』）なら、話は別だ。）エコ『バラの名前』の邦訳にも同じ取り違エの現象が見られる。「主ハ動ジナイ」、「実質ノ取リ違エダ」を初め、『薔薇の名前』が「イタリアの伝統的な愛の作品であることは間違いない」との結論に至っては、李下の冠どころか、痴愚の骨頂だ。F・ラブレーなら、「魂の墓場」と言うだろう。ペリザウリなら何と言うだろうか？　ただし、この迷訳は「モロソフィア*叢書」を産み出させる端緒を訳者（谷口）に与えてくれたのだから、ありがたき"反面教師"でもあることを付記しておく。これがこの日本では"名訳"として表彰（二回も）までされ訂正もされずに——訳者は「エーコなどはまだまだ」だと馬鹿にしている（インタヴュー）有様なのだ——、ベストセラーになって版を重ねているのだから、KAZUYAなら『バカの国』（アイバス出版、2014）というであろう。おめでたい国よ。こんな訳や訳者がいつまで君臨しておられるのだろう？　まさに「痴愚神の（大）勝利」というわけだ！

(4)　Sir Thomas Chaloner, *The Praise of Folie* (1549, EETSからは1965年の刊本あり) でもペリザウリについては当然ながら、全然言及されてはいない。

「百科」を謳う以上、ボクセルは当然ペリザウリに言及すべきだっただろう。
(5) 翻訳の端緒を与えてくれたG・タボガ氏（故人）にも深く感謝の意を表しておきたい。（詩行の表記は断念せざるを得なかった。散文訳のせいだ。注は最少限に留めた。）

（付記）
　種本を極秘にしておくのは学者の習性（？）らしい。訳者が発見したものでは、有名な小林英夫氏（故人）の「クローチェの表現説」についての解説がある（『著作集』7、みすず書房、1975、261頁）。あまりにも名言なので、訳者は暗記していたため、すぐに発見できたのである。拙著『クローチェ美学から比較記号論まで』（而立書房、2006）、23、41頁参照。J・クリステヴァのごときは引用書を隠して、1行飛ばして写したため、文意が通じなくなっていたりする（『テクストとしての小説』〔拙訳、国文社、1992²〕、238頁参照）。島田謹二氏の『ぽるとがる文(ぶみ)』研究（1956-1975）も先人の論文が下敷きになっていることは明白だ（『ポルトガルぶみ』、山口書店、1979参照）。U・エコの拙訳『論文作法』（而立書房、1991、2006¹⁶）でも、ユーモアを込めてこの手の"秘術"（丸写し）を公開している。実はG・タボガの本もイタリアと日本の両国でその（全冊丸写しの）犠牲にされかけたことがあったのだ（幸い、奇跡的にも、これは未然に防げたのだが、支障があるので委細は伏せておく。驚愕体験をしたのだが、この件がなくてはタボガ本を発見できなかったのだから、やはり有り難く感謝しないではおれない）。non ci credere !（不信）（エコの家訓）が痛いほど身に染みる話だし、ここでもいかにウンベルト・エコが訳者には貴重な存在かということを痛感させてくれたのである。迷訳『薔薇の名前』をたびたび持ち出して恐縮だが（これほどの愚訳はなかなか見当たらないし、害悪は"垂れ流し"のままだからだ）、ペリザウリを発見するに及んで、メディア・リテラシーの必要性を痛感するとともに、訳者（谷口）にはこの迷訳が自分の"原点"なのだという確信に変わった次第である。ただし、「私たちはこの痴愚を大いなる敬意をもって再考すべきなので」ある（U・エコ『セレンディピティー

――言語と愚行――』(拙訳、而立書房、2008、7頁))という言葉も拳々服膺せねばなるまい。相手はバカだとはいえ、痴愚神なのだ！

＊　＊　＊

「間違いを認め　間違いを許し　間違いを愛の発露とする　この生き方に徹しない限り　人を生かすことは難しい」(助安由吉著『アッシジの太陽』、エイト社、1991、90-91頁)。至言というべきだろう。「実質ノ取リ違エ」〔suppositioの取り違エ〕⇒「素材代表」(suppositio materialis)〔オッカムのウィリアムが大成〕から『バラの名前』なる表題の謎が解明できたり、「動ジナイノダ、主ハ」〔聖書のどこにもこんな言葉は出てこない！〕⇒「主は騒乱の中にはおられない」(non in commotione Dominus)が作品の"根本"問題だということ(C・マルモ)を知らされたり、という"セレンディピティー"を訳者は実体験してきた。「痴愚神の勝利」から(De Triumpho Stultitiae)「痴愚神礼讃」(Laus Stultitiae)へと――ペリザウリからエラスムスへと――糸は繋がっていたのだ。これこそ"モロソフィア"の世界(撞着語法)そのものである。「動ジナイ訳者」が「賢明」かどうかは自明だろう。「賢明ナル読者」よ、傲慢無知な訳者(藤原正彦氏のタイトルを借りれば、『とんでもない奴』〔新潮社、2014〕)に騙されてはいけない。「書物は信じるために書かれているのではない」(U・エコ)。Non ci credere！ Nosce te ipsum！！(『痴愚百科』)「知者を装おうとするから、いつまでも無知から抜け出せないのだ」(フィリッポ・ブルネレスキ)、「動ジナイ」「賢明ナル」訳者よ。「活動的な無知ほど怖いものはない」(ゲーテ)。宜なるかな。

＊　＊　＊

＊　モロソフィアの中国版とも言うべきはさしずめ清朝末期の李宗吾著『厚黒学』(葉室早生訳、崑崙出版社、1955；五月書房、1979[5])であろう。これは中国の古典、四書五経に対して、これらがいかに立派なことを語っていても、実際生活ではいかに無力かということを、アンチテーゼで証明した、マキアヴェリズム(S・ビング『イヤな奴ほど成功する！――マキアヴェリに学ぶ出世

術——』吉田利子訳、草思社、2004参照）的な名著である。序でながら、U・エコの"ma gavte la nata"的人生観は、この線上に立つとよく理解できる（詳しくは拙訳『図説マクナイーマ——無性格な英雄の世界——』（而立書房、2014）を参照されたい）。関西中国女性史研究会『中国女性史入門——女たちの今と昔——』（人文書院、2005）は『女大学』の研究に参考にはなるが、「男女七歳にして席を同じうせず」（『礼記』）の解釈では、依然として旧来の日本の誤読を踏襲していて、無知から抜け出せていない（「席」〔座席〕と「蓆」〔ベッド〕の混同）。『薔薇の名前』訳者のご立派な結論（！）と奇しくも軌を一にして。

固有名索引

ア行

アイオロス　82
アヴェロエス　70
アウグストゥス　24
アエスクラピウス　56
アクタイオン　29
アゴスティノ会　78
アテナ　82
アドニス　40, 60
アトラス　70
アフロディテ（→ヴィーナス）　82
アポロン　9, 14, 56, 82
アモル（→キューピッド）　95
アリオン　95
アリストテレス　70
アルキタス　95
アルキノオス　95
アルテミス　23
アレクサンドロス大王　22
アレス　22
アンテノル　48
アンフィオン　94
アンモン　13
イオフォン　95
イシス　80
イスメニアス　95
ヴィーナス　31, 60, 80, 95
ウェルギリウス　9, 14
エウアンドロス　11
エウボリデス　95
エウメニデス　67
エピクロス　77

エフュラ　23
エンプサエ　17
オレノス　23

カ行

ガニュメデス　73
カリテス　40, 55, 95
カロン　61, 88
キューピッド　31
キュレニウス（→メルクリウス）　65
キリスト　9, 68
キルケ　66
クイリヌス（→ロムルス）　80
クサントス　95
グラウコス　66
クロノス　80
ケイロン　56
ケクロプス　94
コリュテウス　14
コロイボス　95

サ行

サトゥルヌス　82
シドニウス　10
スコトゥス　70
セイレン　89, 95
ゼウス　11, 23, 80, 82
セミラミス女王　23
ソクラテス　77
ゾロアスター　66

タ行

大カトー　52
ダイダロス　8
タミュリス　95

ティシフォネ（→エリニュエス） 82
デイフォボス 37
ティモテオス 95
デモクリトス 82
テルパンドロス 95
トマス 79
ドミニコ会 78

ナ行

ナルキッソス 14
ニコマコス 95
ニレウス 14, 40
ネストル 14, 37
ネレウス 23

ハ行

バウィウス 14
パウロ 68
ハデス 24, 61, 66, 82, 85, 97
バッコス 80
パライモン 82
パラス（→アテナ） 52
ハルポクラテス 15
ヒッパソス 95
ヒポクラテス 56
ピュタゴラス 14, 77
ヒュラス 40
フィロメラ 94
フォイボス 80
フュラムノン 95
プラトン 70
フリアエ 67
プレウロン 23
プロテウス 15
プロメテウス 38

ベネディクト 78
ヘファイストス 80
ヘラ 80
ヘラクレス 80
ペルセフォネ 85
ポセイドン 82
ホラティウス 10
ポリティアヌス 10
ポンタヌス 10

マ行

マエウィウス 14
マカオン 56
マホメット 77
マルシュアス 9, 95
マルス 80, 82
ミダス 95
ミネルヴァ 14
ミューズ 9, 10, 11, 17, 55, 66, 94, 95
メデア 66
メドゥーサ 36
メリケルテス 82
メルクリウス 55, 82
メレアグロス 23
モイライ 87

ヤ行

ユノ 60
ユピテル 60
ヨハネ 10

ラ行

リノス 95
ロムルス 80

ワ行

ワロ 14

〔訳者紹介〕

谷口　伊兵衛（たにぐち　いへえ）
　1936年　福井県生まれ
　　　　　翻訳家。元立正大学教授
　主著訳書『クローチェ美学から比較記号論まで』
　　　　　『ルネサンスの教育思想（上）』（共著）
　　　　　『エズラ・バウンド研究』（共著）
　　　　　『都市論の現在』（共著）
　　　　　『中世ペルシャ説話集──センデバル──』
　　　　　『現代版　ラーマーヤナ物語』（ラクシュミ・ラー）
　　　　　『オートラント綺譚』（ロベルト・コトロネーオ）
　　　　　『G・ドレの挿絵21点に基づく　夜間の爆走』（ヴァルター・ミョルス）
　　　　　『図説「マクナイーマ──無性格な英雄」の世界』（カリベ画／アントニオ・ベント解説）

痴愚神の勝利──『痴愚神礼讃』（ラテン）原典──

2015年3月25日　第1刷発行

定　価　本体2500円＋税
著　者　ファウスティーノ・ペリザウリ
訳　者　谷口　伊兵衛
発行者　宮永　捷
発行所　有限会社 而立書房
　　　　〒101-0064　東京都千代田区猿楽町2丁目4番2号
　　　　電話 03(3291)5589／FAX 03(3292)8782
　　　　振替 00190-7-174567
印　刷　株式会社 スキルプリネット
製　本　有限会社 岩佐

落丁・乱丁本はおとりかえいたします。
© Ihee Taniguchi, 2015. Printed in Tokyo
ISBN 978-4-88059-386-9 C1010
装幀・神田昇和